Collection Littératures

ALBECKER, Marie-Fleur. *Et j'abattrai l'arrogance des tyrans.*

ISBN : 9782373050424
ISSN : 2101-7697
Dépôt légal : 1re édition, août 2018
Couverture : Elena Vieillard
www.elenavieillard.fr
Correction et mise en page : Studio Asphalte

Les Éditions Aux forges de Vulcain bénéficient pour leur diffusion et leur commercialisation d'un partenariat avec les éditions Anne Carrière.

Les Éditions Aux forges de Vulcain
212 rue Saint-Martin
75003 Paris
www.auxforgesdevulcain.fr

Et j'abattrai l'arrogance des tyrans

MARIE-FLEUR ALBECKER

LES ÉDITIONS AUX FORGES DE VULCAIN

En ma folie je me désespérais que Dieu
m'ait fait naître dans un corps féminin.

Christine de Pisan, *La Cité des dames*, 1405

Nous avons douloureusement appris que la liberté n'est jamais accordée de bon gré par l'oppresseur ; elle doit être exigée par l'opprimé. (...) Jésus Christ était un extrémiste de l'amour, de la vérité et du bien, et s'était ainsi élevé au-dessus de son entourage. Aussi, après tout, peut-être le Sud, notre pays et le monde ont-ils grandement besoin d'extrémistes créateurs.

Martin Luther King,
lettre de la prison de Birmingham, 16 avril 1963

C'est l'histoire de Johanna Ferrour, c'est l'histoire de Richard Plantagenêt le deuxième, c'est l'histoire d'un paysan, c'est l'histoire de John Ball et de Wat Tyler, c'est l'histoire du mois de juin 1381, c'est l'histoire des Jacques, des Tuchins, des Remensas, des Hussites, des Rustauds, c'est l'histoire des soulèvements des gens ordinaires, c'est une histoire de terres, d'injustice, de liberté, de foi et d'horizons perdus.

Quand le gouvernement viole les droits du peuple, l'insurrection est, pour le peuple et pour chaque portion du peuple, le plus sacré des droits et le plus indispensable des devoirs.

Déclaration des droits de l'homme et du citoyen, 1793, article 35.

I

Soulèvements

Essex, Angleterre.

Semaine de Pentecôte 1381, Johanna Ferrour est seule dans le marais de Fobbing. L'embouchure de la Tamise se jette dans les nuages bas. Un détail du tableau, la femme assise sur une souche, sans coiffe, lisse machinalement une mèche de cheveux ; une rêveuse, celles dont le XIXe siècle fera des Mme Bovary. Mais Johanna sait ce que c'est qu'un chevalier, rien de bon en particulier, un type qui se croit tout permis avec une grosse épée. Johanna scrute parfois des yeux les navires affairés vers Londres, comme si un jour revenait son frère, ou les bateaux de l'ennemi pour semer mort et désolation dans la campagne. Les Français, ceux dont le Roi parle la langue. À ce qu'il paraît, les paysans français eux non plus n'en peuvent plus de ces guerres qui détruisent leurs vies pour les caprices des puissants ; surtout qu'eux, ce ne sont pas deux-trois bateaux qui débarquent occasionnellement dans l'estuaire de la Tamise ou sur les côtes anglaises, mais le champ de bataille dans leur village, carrément. Il paraît qu'ils vivent comme des bêtes dans les forêts avant d'oser sortir et tout reconstruire quand les soldats sont partis. Quel sens que ce soient toujours les pauvres gens qui trinquent. Mais elle écoute surtout les bruits du marais, le vent dans les roselières, le frottement de ses cheveux libérés de la coiffe, et elle ferme les yeux.

Ironie des lieux, c'est un marais qu'on a nommé Wat Tyler, longtemps après que plus personne ne se souvienne de lui, je veux dire de ce qu'il avait vraiment été comme homme, comme personne, pas sa légende. Wat Tyler est un de leurs chefs ; dites-le, ils le craignent toujours un peu, un souvenir enfoui d'un quasi-renversement, de ceux que l'histoire appelle « révolutions », c'est-à-dire quand la terre tourne, quand le vieux monde tremble sur ses assises et se prépare à mourir (Johanna, bien entendu, ne sait pas que la terre tourne, mais elle sait qu'un jour, comme le dit l'Évangile, le Monde se renversera, les montagnes tomberont dans la mer et les Justes seront sauvés). Combien devrons-nous compter de révolutions échouées ?

Mémoires sélectives. Cela se passa longtemps après que Johanna Ferrour eut disparu des mémoires, de toute façon. Très longtemps. On dit que c'est au bout de trois générations que le souvenir d'une personne normale, ou quelconque, comme vous et moi, s'efface ; Johanna n'était pas quelconque mais c'était une paysanne et c'était une femme, ce qui n'arrange rien à la mémoire des hommes, et elle n'a pas eu d'enfants. Wat Tyler, c'est vrai, les a menés à la bataille, eux, les paysans, les ploucs, les révoltés. On dit qu'il venait du Kent, sur l'autre rive de la Tamise, que c'est là qu'il était retourné après avoir combattu contre les Français durant la guerre de Cent Ans, qui en réalité n'avait commencé que depuis très exactement quarante-quatre ans, lorsque la révolte a eu lieu. Les historiens disent que c'était peut-être un couvreur, comme l'indique son surnom (*tiler : person who lays tiles* – personne qui pose des tuiles, tuileur, pourrait-on dire), parce que les chefs des paysans révoltés portaient presque tous des surnoms. C'est à la fois pour ne pas se dénoncer aux autorités royales, et pour mobiliser les camarades paysans dans les manifestes qui leur sont envoyés avec des patronymes motivants. C'est aussi peut-être parce que les puissants n'ont voulu retenir d'eux que leur insignifiance. On dit qu'ils utilisaient beaucoup « Jack » en référence peut-être aux Jacques, les révoltés paysans français de 1358, qu'on avait nommés ainsi d'après le Jean Dupont de l'époque, Jacques Bonhomme. Les révoltes populaires sont des réserves à noms de rues, de places, de stations de métro ou de marais, même si ce sont des réserves mineures. Qui se souvient d'Étienne Marcel, réformateur et défenseur du petit peuple, lorsqu'il sort du métro ligne 4 à Paris, chez les bobos et les *caffe latte* ?

Derrière le marais, la Tamise et la mer. C'est de là que vient l'ennemi faire des raids ; les bateaux français sont remontés jusqu'à Gravesend l'an d'avant, tuant, pillant et violant, c'est la guerre, c'est le jeu. Ainsi vivent des deux côtés de la mer des peuples semblables et des nobles encore plus semblables – ils parlent la même langue, le français – mais ces nobles se combattent cependant à toute force, obligent les laboureurs à combattre pour leurs guerres, était-ce vraiment cela le contrat ancestral ? N'était-il pas, ce contrat, que les chevaliers, les gentilshommes, devaient prendre les armes pour défendre les travailleurs, tandis que les orants prient pour leurs âmes à tous ? C'est bien cela qu'on nous a appris à l'école ! Pourquoi demandent-ils aux laboureurs de combattre pour eux, de répondre à la conscription, même, pour aller chercher une autre couronne qui ne changerait rien au rythme des saisons ni au sens de la vie ? Ainsi de la guerre, eux, la roture, les paysans, le commun, n'en savent pas grand-chose, ils savent que cela durait depuis longtemps, ils envoyaient leurs fils superflus (selon la loi des Puissants) combattre – puis plus trop superflus, les fils, après la Mort Noire, la Grande Peste qui a décimé l'Europe une trentaine d'années auparavant.

Tu penses ce que ça devait faire aux paysans d'en face, en France, eux qui subissent les batailles sur leurs champs, qui doivent fuir les combats pour vivoter dans de chiches cabanes où la maladie les frappe à coups redoublés, en attendant de pouvoir regagner le village natal, pour reconstruire les maisons incendiées. Ils sont tous du commun, pourquoi donc un paysan français voudrait-il attaquer un paysan anglais ? Parfois, les puissants réussissent à leur faire croire qu'il s'agit de leur survie, mais soyons raisonnables deux minutes, si on y réfléchit sérieusement, qu'est-ce qu'un paysan français en a à branler, de son homologue angliche ? Non, on ne leur demande pas leur avis, on la leur bombarde, la guerre. On part à la conquête d'autres territoires. On : les puissants, les nobles, les riches, ceux qui font la guerre. Simpliste ? Si je puis me permettre, c'est fou ce simplisme qui fait que ce sont toujours les mêmes qui parlent de « simplisme », et bizarrement ce ne sont pas eux qui se cassent le dos à biner dans les champs ou à nettoyer nos chiottes.

On tient tellement à sa terre, alors ! Quand on en a une, déjà ! C'est qu'on n'est pas un serf ! C'est qu'on est libre ! Libre de s'enchaîner à la glèbe. Johanna est fascinée (et rapidement ennuyée) par les calculs, enjeux et tractations des hommes de Fobbing dès lors qu'il s'agit d'attribuer un misérable bout de terrain. Et pourtant, la terre et tout ce qu'elle renferme n'appartiennent-ils pas à l'Éternel ? D'ailleurs, si on change d'échelle et qu'on considère le territoire des royaumes, tout cela semble encore plus absurde, elle se souvient de cette étrange histoire d'un frère qui tue son autre frère parce qu'il aurait sauté par-dessus la frontière qui bordait son territoire, dans un monde lointain, Rome peut-être, mais Rome n'appartient-il pas au Pape ? Et lui, d'ailleurs, ce Pape, pourquoi possède-t-il une terre ? Qui décide qui possède quoi ? Quand a-t-on décidé de ce partage ? En quelle manière les seigneurs sont-ils plus capables que les paysans ? C'est ainsi que Johanna rêvasse, et c'est ainsi qu'on la tient pour une personne étrange, même si elle a assez de jugeote pour se taire quand elle entretient des pensées aussi saugrenues. Pendant ce temps, de toute manière, les femmes filent la laine.

Elle allait durer encore soixante-douze ans, la guerre, plus de deux fois l'âge de Johanna quand elle est partie rejoindre son mari William et les rebelles, la veille de la Pentecôte 1381. Johanna est riche (ou plutôt, son mari est riche, ce qui à l'époque revient au même), elle est libre (ou plutôt, son mari est libre, ce qui l'a rendue libre). Libre de quoi ? Libre de quitter sa terre. La belle affaire. Encore cette histoire de terre, de possession, de territoire. Elle a pu constater que ça ne change rien au fond, et qu'un serf vaut autant qu'un homme libre, mais encore plus qu'une femme. Johanna s'est toujours posé des questions. Pourquoi certains s'en posent, et pas d'autres ? Est-ce parce qu'ils ont le temps ? Est-ce parce qu'ils ont de la peine ? Le temps d'avoir de la peine ?

Johanna a trente-deux ans, elle est presque vieille déjà. Elle est née pendant la première Mort Noire, chaotique et terrible période dans les mémoires. Ses parents n'y ont survécu que pour mourir durant la deuxième épidémie, quand elle a eu onze ans. La Mort Noire revient toujours. Son oncle et sa tante ont repris le manse, c'est-à-dire la terre que ses parents *tenaient* ou cultivaient, et les ont récupérés avec son frère Charles. Elle a travaillé aux champs et au filage comme toutes les filles, sans recevoir beaucoup d'affection ni d'aménité, elle a grandi en trop, elle s'est dit qu'elle ne méritait pas ça plus qu'une autre. Quand Charles a été désigné par son oncle pour partir combattre à la place de son cousin, elle s'est dit qu'il reviendrait de France, mais non. On tient bêtement à des bouts d'espoir, qui finissent par retomber, comme des effondrements de sable. Tombé sous les murailles de Poitiers, on dit. Dans la belle Aquitaine. Tombé pour servir le fils du roi, Édouard le Prince Noir.

Il est parti sur un bateau par la grande bouche, la Tamise. Mille sept cents coudées de large, sept cent cinquante mètres, derrière les marais de Fobbing ; de l'autre côté le Kent. Le Kent et l'Essex sont les deux mâchoires de l'estuaire ; au fond, Londres. C'est pas si loin. Aujourd'hui il ne reste que les marais, mais au fond de la crique de Holehaven se trouvait un port, dominé par l'église de Saint-Michael sur la colline. C'est là, Fobbing, où elle est née, où elle a été mariée deux fois. Mais pas tout de suite.

Johanna pensait qu'elle prenait trop de place, elle a d'abord voulu consacrer sa vie à Dieu, vierge vouée au Salut du monde, enfin comprise dans un groupe qui l'accueillerait comme une égale, frottée chaque jour à la justice de Dieu. Johanna, depuis toute enfant, a soif de justice ; celle de Dieu est sans doute la plus absolue. Mais nous sommes peu de choses. Johanna était seule, fraîche, un peu étrange (elle aimait déjà traîner seule dans les marais, la diablesse), elle a été séduite par John Tackett, un jeune tombeur local qui, lui, affirma plus tard que c'est elle qui l'avait séduit « avec ses manières de sorcière » car alors on est sorcière à peu de frais (une femme un peu étrange ? sorcière ! c'est une équation simple et aussi vieille que les siècles). Elle s'était perdue dans John, heureuse de compter pour quelqu'un enfin, arrivée au port croyait-elle, que n'investissons-nous pas dans les hommes ! John, lui, se tapait la moitié du village dans son dos. Johanna l'apprit ; elle lui fit des scènes : pleurs, cris, défis, décision enfin d'entrer dans les ordres. John, dès lors qu'il l'avait perdue, voulut la ravoir, c'est classique. Un soir il l'attendait dans un pré, elle se dit qu'il venait peut-être s'excuser et lui demander pardon, prête presque à le reprendre car les femmes, souvent, ont cette faiblesse de se contenter d'une promesse que c'est elle la plus importante, les autres, des passades. Mais John, au moins, était un être cohérent et ne voyait pas bien l'intérêt de mentir puisqu'il avait le sentiment de la posséder déjà. Il était d'ailleurs étonné qu'elle se plaigne, puisqu'après tout ils étaient promis, qu'est-ce que quelques incartades ? Embrasse-moi ma chérie, ne sois pas stupide. Johanna : pleurs, cris, refus, je ne suis pas ta chérie, je m'en vais au couvent, ne veux plus jamais te voir. John vit rouge et, comme tant de ses semblables depuis la nuit des temps, se servit : il prit Jeanne par les cheveux, la retourna, la poussa au sol et, la tenant toujours par les cheveux, la viola. Elle se souvient de la douleur comme un bâton dans les intestins, et de l'odeur de l'heure coupée dans laquelle John maintenait sa tête, des cheveux qu'il lui avait arrachés, elle se souvint s'être demandé s'ils repousseraient, et même s'il y aurait un après à ce moment interminable. John rassasié se rajusta, Johanna s'enfuit, pleine de colère. Colère que nul ne comprit puisque John était quasiment son mari, après tout. De quoi se plaint-elle ? Johanna se dresse de haine, mais veut réparation, elle veut reconnaissance. Elle demande justice. Johanna veut ce qui lui est dû.

Viol ! Johanna porte le crime sur la place publique, Johanna porte plainte devant le *plaid*, le tribunal civil, elle demande justice, elle demande, comme c'est son droit pour les crimes de sang, à porter l'affaire devant la Justice du Roi. Le *plaid* est bien embêté par cette femme qui crie ses droits, le mieux c'est encore de régler nos affaires entre nous, d'ailleurs Johanna est sortie avec John, c'est de notoriété publique. À viol, viol et demi. Le *plaid* se déclare compétent, écoute les protagonistes et condamne John à épouser Johanna. Autant pour la Justice. Elle a dû dormir deux ans dans le lit de son violeur, quitter une maison qui n'était pas la sienne pour une autre maison étrangère, filer la laine des moutons de ses beaux-parents qui la détestent car ils espéraient un plus beau mariage pour leur fils. John est mort, tué encore par la peste. Que penser de cette mort aveugle, qui frappe juste et faux à chaque fois ? Que penser sinon que le monde est transitoire, et que nous devons être à chaque instant prêts à comparaître devant notre Juge et notre Rédempteur, Celui qui appliquera la vraie et seule Justice, et non pas la justice mesquine des hommes ? Johanna a alors été épousée (a-t-elle dit oui elle ne s'en souvient pas, on ne lui a pas souvent demandé son avis) par William Ferrour, un paysan libre, riche, respecté, de quinze ans son aîné, membre du *plaid*, qui se sentait coupable de ne pas, peut-être, lui avoir rendu justice, et qui avait perdu sa première femme en couches, et puis ses parents, aussi, de la Mort Noire. Johanna est donc la femme respectable d'un homme respecté, mais elle ne lui a pas donné d'enfants, non qu'elle n'en veuille pas, au contraire, mais il ne leur en est pas venu.

Et maintenant, Johanna rêve dans les marais de Fobbing, Johanna rêve au crépuscule quand s'allument les lampes, elle ne veut croiser personne et c'est difficile, même dans les marais on n'est pas à l'abri d'un pâtre qui rabat ses moutons ou du gardien des Communs, qui fait sa ronde pour vérifier que personne ne vole plus que son dû. Car ce n'est pas un monde d'individus, en 1381, pas un monde où on pense à Soi, elle est bizarre la Johanna qui traîne seule dans les marais. Les gens sont *en commun*. Elle, moins. Elle enlève sa coiffe, elle se dénoue les cheveux quand personne ne la regarde, quand elle a fini de tisser sa laine pour la journée, elle se taille dans les marais, elle respire l'air marin, elle y laisse couler ses cheveux comme si elle était une vierge. Johanna est toujours étrange, et William la laisse l'être.

Ce soir-là, elle est partie au marais plus tôt parce que William est à Brentwood pour régler des affaires liées à la levée de l'impôt. Les gueux sont agités, depuis quelques mois il y a des soulèvements, on veut encore spolier les braves travailleurs. C'est une longue soirée de printemps, les mouettes crient dans les nuages orangés qui effilochent le ciel bas, il faudra rentrer avant la nuit. C'est là que l'a trouvée Matthew, son jeune cousin qui les aide dans l'exploitation, à bout de souffle qu'il est venu la chercher, pour lui crier de loin que ça y est, les petites révoltes sont devenues fleuves, ils vont tous demander justice au roi. Alors, Johanna a décidé de partir avec eux, ici et maintenant.

Ici.

Ici, c'est en 1381 donc, royaume d'Angleterre. Le vieux Roi Édouard III, le vainqueur de Crécy, a clamsé depuis quatre ans après cinquante ans de règne, et le Roi son petit-fils est un enfant, Richard, deuxième du nom, il a quatorze ans. Nous le savons parce que nous connaissons les dates de naissance et de mort des rois, certes pas celle de Johanna ni de Wat Tyler : mais enfin c'est pratique, on peut bien leur donner l'âge qu'on veut. En France règne depuis quelques mois Charles VI le Fou, dont la folie ne s'est pas encore déclarée et pour cause, il a treize ans ; ses oncles ducs de Berry et de Bourgogne assurent la régence et se disputent le pouvoir. Ainsi sont accablés les peuples par de grands seigneurs qui surplombent des enfants écrasés par le pouvoir. Car la guerre, elle, continue : *Malheur à toi, pays dont le roi est un enfant et dont les princes mangent dès le matin*. Loin en Sicile, Charles de Duras est couronné roi de Sicile par le Pape avant de faire étrangler Jeanne d'Anjou, reine de Naples et de Sicile légitime, dont le seul crime fut d'être belle, intelligente, reine et de « mœurs légères ». Certes, elle aurait aussi commis la peccadille de faire exécuter son père. De toute façon, Dieu apparemment n'aime pas les gouvernants mineurs, ni influencés par des femmes, ces esprits faibles et confus, comme on dit dans Esaïe III, 12 :

> Mon peuple a pour oppresseurs des enfants,
> Et des femmes dominent sur lui.
> Mon peuple, ceux qui te conduisent t'égarent
> Et ils corrompent la voie dans laquelle tu marches.

Voilà donc notre royaume d'Angleterre bien mal embouché. Heureusement, le jeune Roi Richard n'est pas dominé par une femme (ouf !) mais bien plutôt par son oncle.

Notre Richard, le numéro deux (il y a aussi une pièce de Shakespeare à son nom, même si elle est moins connue que *Richard III*), est né à Bordeaux, la Guyenne lointaine où d'autres paysans cultivent la vigne, parce que son père Édouard de Woodstock était prince d'Aquitaine. Parce que les rois d'Angleterre ne sont pas très anglais (mais qu'est-ce qu'un Anglais, d'abord ?), n'empêche que c'est une tradition depuis quelques bons siècles, les Normands sont dans la place. Leur sport favori, c'est de se foutre sur la gueule à propos d'histoires de succession. Richard d'ailleurs a eu chaud sur ce coup-là, puisque son oncle Jean de Gand, duc de Lancastre, le plus puissant seigneur du royaume, aurait pu tenter de barboter direct la place ; comme tout le monde a la frousse qu'il prenne le pouvoir, le Parlement a décidé qu'il fallait le garder à distance et c'est un Conseil qui s'occupe de gouverner (même si Jean, finaud et ambitieux comme pas deux, est quand même bien placé niveau influence). Notez que cette affaire débouchera ensuite sur la guerre des Deux-Roses, une guerre civile fuligineuse pour qui n'est pas familier avec les affaires généalogiques des Plantagenêt divisés en York et Lancastre mais bon, retenons qu'ils vont finir par se massacrer entre partis familiaux pour devenir Roi légitime des Anglais.

Enfin, rétablissons les choses : il va y avoir une guerre, et comme dans toute bonne guerre, en fait, ce sont plutôt les Anglais, de préférence de basse extraction, qui vont au charbon *pour* des types qui veulent être rois. Cent mille morts ; après la Grande Noire et la guerre de Cent Ans, c'était pas rien à demander au bon peuple, alors même qu'il existerait une solution bien plus simple et qui traîne dans les tiroirs des hommes de troupe depuis pas mal d'années : balancer les rois, princes, généraux et ministres dans une arène, en slip de bain et armés de bâtons. Et hop ! à qui restera le dernier debout, la victoire. En plus, la vente des billets pourrait rapporter de l'argent, car qui n'a jamais rêvé de voir un prince en slip ?

Mais il faut hélas partir du principe que les hommes veulent du pouvoir, une ambition peu compréhensible si vous voulez mon avis : pourquoi notre civilisation n'a-t-elle pas tenté de vanter les mérites du bonheur, plutôt, voilà une chose qui est tout de même un peu forte de café, café que nous produisîmes d'ailleurs à grands frais d'esclaves. Ici, en 1381, il n'y a plus d'esclaves mais des serfs (qui sont sans doute les descendants des esclaves), gens qui ne sont pas esclaves, mais non libres (attention, c'est subtil) : exploitants de la terre du seigneur, ils lui doivent des services, les corvées, et n'ont théoriquement pas le droit de déménager comme ils veulent, sauf quand le seigneur a vraiment le dos tourné. Je simplifie, mais bon, c'est l'idée générale. Quand il s'agit de la privation de liberté, l'humain est toujours inventif ; on pourrait se dire qu'il dirigerait ses capacités d'innovation plutôt sur le clitoris, par exemple, mais non : prison, servage, esclavage, bracelet électronique, camp, maison d'arrêt, panoptique, cul-de-basse-fosse, oubliette, cage, chaînes, et j'en oublie.

Ceci posé, revenons aux moutons anglais et à leur laine qu'on exporte alors dans toute l'Europe. Car l'Angleterre n'est pas une île, l'Angleterre est la pointe d'un archipel, la preuve : ses rois se rêvent en rois de France, Poitiers, Limoges, Albi, Rodez, Calais, et puis l'Irlande. Au Nord de l'île Grande-Bretagne, ce sont les féroces Écossais. La Tamise est la bouche qui avale et crache les vaisseaux vers toutes les îles du royaume, vers toute l'Europe, la Tamise est la bouche qui a vu passer les ordonnés Romains, les moustachus Germains, dits les Angles, les féroces Vikings, les farouches Normands, il en est passé du monde qui a fait l'Angleterre. Et tout ce beau monde a joyeusement copulé, évidemment.

L'Angleterre n'est donc pas une île, c'est une mosaïque, et au fond de l'embouchure, c'est Londres. Deux cent cinquante mètres de large à Londres, la Tamise. C'est large. Un seul pont. Technique. Attention, c'est un sacré pont tout de même : deux cent soixante-deux mètres (très exactement), rendez-vous compte ! Ce pont, œuvre colossale construite en pierre sous la direction du clerc Isembert de 1176 à 1209, comportant 19 arches rondes sur lesquelles se pressent des maisons dont le loyer paie le coût et l'entretien de ce chef d'œuvre, reliant Londres à Southwark sur la rive droite de la Tamise, est jusqu'en 1750 le seul pont qui permet de traverser ce vénérable fleuve à la hauteur de la capitale et en aval.

À part ça, pas que Londres soit non plus le centre ultra-branché de l'époque ; c'est même une ville de ploucs. Les métropoles, les lieux en vogue, là où il faut être, les *hipsters* de l'époque qui se mettent à porter des costumes courts et des collants (sexy !), les mecs qui tentent la perspective en mode Giotto, rien à voir avec Londres, Londres à l'époque c'est un bon gros bled (relativement quand même, imaginez ces Écossais, à porter le kilt et se peinturlurer la figure en bleu genre Mel Gibson dans *Braveheart*). Non, le centre du monde (que Johanna ne connaît pas, mais dont elle a sans doute déjà entendu parler), c'est l'Italie, Milan Venise Naples Gênes, ou encore les Flandres, Gand Anvers Bruges, Flandres d'où vient la grand-mère du Roi Richard et mère de Jean de Gand, mais le roi d'Angleterre vise plus haut : Paris, la plus grande ville d'Europe (même Johanna en a eu vent, Paris c'est une fête).

Londres, ce trou, culmine alors à cinquante mille habitants, soit à peu près l'équivalent de

Charleville-Mézières aujourd'hui. *Le* pôle urbain. Enfin, c'est quand même une grosse capitale mais à l'échelle de l'Europe urbaine du temps de la révolte, c'est la taille d'une ville comme Cologne ou Naples – rien à voir avec la *Swinging London* ou la fringante capitale du Royaume-Uni d'aujourd'hui, ville mondiale globale Jeux Olympiques en veux-tu en voilà. Non, là c'est la capitale d'un pays de péquenots qui aspirent à avaler de la superficie sur le continent, vers Paris qui est un peu plus le phare du monde, donc (petit, le monde, quand même : la capitale de la Chine à l'époque fait facile deux fois plus d'habitants, mais je ne crois pas que Johanna ait pensé aussi loin que la Chine, ni le Roi d'ailleurs). Même Bordeaux, là où est né le roi, c'est plus rupin que Londres – en même temps, t'imagines la position dominante, les gars maîtrisent le commerce du vin pour l'Angleterre, qui n'est pas prêt à payer pour se bourrer la gueule ? Les Anglais, eux, ne peuvent cultiver que le houblon et la bière c'est bien pour les paysans mais chacun ses valeurs, la *gentry* (nobles et Cie) boit du pinard.

La ville est minuscule, on a perdu l'habitude avec la ville de la voiture, la ville étalée et lointaine le long des autoroutes concentriques et radioconcentriques, cercles infinis qui enserrent aujourd'hui plus de douze *millions* d'habitants, soit bien plus que la population totale du royaume de Richard. C'est fou, le nombre de gosses qu'on a pu faire depuis. Les accouchements. La souffrance. Le vagin distendu. Pas de rééducation du périnée. Fou. Mais passons. Retenez donc que Londres est *petite*, n'imaginez pas qu'il faille trois heures pour en faire le tour. Bien praticable à pied, même si on y ramasse de la merde en abondance. Même pour qui n'est pas bien rapide, le tour, en une heure c'est plié.

La ville est minuscule, elle occupe la superficie de la City aujourd'hui (deux virgule neuf kilomètre carré), du bien dense, trois fois plus dense qu'aujourd'hui, aussi dense que Séoul (les villes asiatiques sont denses, c'est bien connu), dix-sept mille habitants au kilomètre carré, c'est du costaud, imaginez bien qu'on n'a pas inventé le gratte-ciel et qu'on ne monte guère au-dessus de six étages. Niveau architecture, pas mal de bois, ça brûle bien.

Enfin, il y a tout de même (en attendant que le roi d'Angleterre prenne ses quartiers à Paris) quelques commodités : abbayes, prisons (toujours des prisons), au Temple (le mal nommé) des bibliothèques de parchemins légaux usés par des moines hospitaliers et avocats, maîtres clercs de la parole écrite, et quelques palais royaux ou afférents, avec vue sur la Tamise et tout le tintouin. Populace tout de même nombreuse, au fond de l'estuaire de la Tamise, mais n'imaginez pas le smog peint par Turner ou les cheminées de Dickens. Les gars qui produisent – quoique les nobles les méprisent copieusement –, ce sont les paysans, la roture, le commun, le tout-venant. Monde de rustauds. On a beau parler des villes, 90 % de la population est rurale, au bas mot. Laissez-moi vous dire que ça porte pas trop le costume court dans cette cambrousse.

Voilà donc pour l'histoire officielle : un Roi de quatorze ans, des paysans largement pas libres (mais parfois nonobstant fort riches), une guerre qui n'en finit pas, un Fléau Noir qui a décimé plus du tiers de la population (la peste, quoi), un pays de ploucs mais riche néanmoins. Et puis, au-dessus de tout, il y a la Foi, mais nous en reparlerons.

Brentwood, Essex, Angleterre.

Sir John Bampton, membre du Parlement, juge de paix, homme confit de son importance car il traîne à la Cour et a même parlé *personnellement* au Roi deux ou trois fois, est arrivé la veille avec ses chevaux, clercs, deux attelages de mules flanquées de coffres vides (à remplir), sergents et serviteurs pour enquêter sur la non-perception de la capitation dans l'Essex. Il a réquisitionné la plus grande maison du village et a convoqué des délégations représentant les villages voisins de Fobbing, Corringham et Stanford-le-Hope pour que les villageois s'expliquent à propos de l'impôt dû au roi, qu'ils n'ont pas payé malgré les semonces et les relances effectuées tout au long de l'année par les magistrats locaux. Il a recruté des membres du *plaid* de Brentwood, jurés respectables qui doivent témoigner de la procédure et de son bon déroulement auprès du Roi (vendus, traîtres, au trou !).

Ainsi, cet après-midi du 1er juin 1381, Sir Bampton, homme sec et content de lui, siège avec solennité sur une cathèdre de bois au milieu du *greene*, la place centrale du village, entouré des jurés de Brentwood, de ses clercs prêts à noter la contribution payée par chaque village et de ses deux sergents armés d'épées et d'arbalètes (les serviteurs doivent s'occuper des mules et harnachements dans quelque grange). Il attend que les vilains s'expliquent et, surtout, paient arriérés et principal.

En fait de coffres, il n'y aura rien à remplir, les hommes de l'Essex se sont concertés. Il y a eu réunions et conciliabules la nuit, pendant que les femmes tisonnent la cheminée du foyer, autour de grands feux allumés dans les sombres forêts de l'Essex, forêts du Roi dont on met cependant les précieuses ressources en commun, réunions secrètes dont ils ont pris l'habitude depuis quelques années que gronde la colère contre les injustices des Puissants – et surtout les injustices fiscales. Sans vouloir être langue de pute, les révolutions sont plus souvent motivées par des peines de gousset et la peur des poches vides que par un franc et désintéressé amour de son prochain.

Néanmoins, les gueux cette fois sont décidés à prendre des risques : ils vont refuser de payer l'impôt. Pour se soutenir mutuellement et se donner du cœur au ventre, ils sont une cinquantaine par village, plus, beaucoup plus qu'une simple délégation, pour qu'aucun ne cède et pour encadrer les quelques poules mouillées toujours susceptibles de se révéler à la chaleur des événements. Ils sont prêts à montrer leur détermination. La force est dans le nombre. Ils sont résolus à défendre leurs droits, car ils ont établi qu'ils sont dans le leur.

Ils ont assemblé une solide délégation : cinquante hommes de Fobbing, c'est la quasi-totalité des hommes valides ; seuls les couards, les vieux, les enfants, les femmes et les vendus au Roi sont restés au village. De nombreux membres du *plaid*, par exemple, n'ont pas voulu ou pas osé se joindre à eux ; et pour cause, on les soupçonne de défendre les intérêts du seigneur et du Roi, ce sont les paysans les plus riches, le plus souvent libres. William Ferrour a démissionné de sa fonction de juré du *plaid* car il s'opposait à l'éloignement de la justice de paix du *plaid* de ses objectifs communs. Les juges du *plaid* soutiennent les lois scélérates sur le statut des laboureurs, lois injustes qui interdisent aux paysans d'aller louer leur force de travail où ils veulent au meilleur prix. Après les épidémies de peste, la main d'œuvre a été brutalement réduite de plus d'un tiers : les salaires, mécaniquement, ont augmenté. Pour assurer leurs profits, les nobles et les riches paysans veulent donc interdire aux serfs de quitter leur terre pour gagner plus ailleurs, voire de se faire serviteurs de riches seigneurs ou artisans, de gagner Londres et de faire oublier leur origine servile. Je vous avais pas parlé de l'inventivité de la servitude ? Parce qu'il avait rompu un contrat avec le manoir de Basildon, un bonhomme a été condamné à payer plusieurs moutons par le *plaid* ; il est allé les récupérer avec un groupe de paysans révoltés, tous clamant qu'ils ne reconnaissent que leur propre justice commune et indépendante, et non pas ces vendus à leurs propres intérêts qui écrasent les plus démunis et les empêchent d'obtenir leur juste part.

Cela fait plusieurs années que la colère gronde aussi contre les mesures injustes des conseillers du

Roi : son oncle haï Jean de Gand, Simon Sudbury, archevêque de Canterbury, *Lord Chancellor*, celui qui a exigé la troisième capitation, celle qu'ils ne paieront pas, cent soixante mille livres à lever dans le royaume ! une somme colossale !, et Robert Hales, grand Prieur des Chevaliers Hospitaliers d'Angleterre, *High Lord Treasurer* (ministre des Finances pour les intimes), responsable de la levée de cette taxe honnie.

Mais qu'est-ce au juste que ces paysans ? Serfs et hommes libres mêlés, aisés dans l'ensemble car nous sommes dans l'Essex, région de fructueux labours et de commerce déjà international, ils sont vêtus de cottes et de hauts-de-chausses en laine et en lin (laissez-moi vous dire que ça devait bien les gratter) de couleurs bariolées, solides sur leurs jambes. Ils sont aussi hâlés qu'il est possible dans le Sud-Est anglais lorsqu'on passe ses journées aux champs (Sud-Est anglais où, comme chacun sait, on ne dit pas qu'il pleut mais qu'il repleut), certains encapuchonnés, d'autres enchapeautés de larges couvre-chefs de feutre, d'autres laissent à l'air leur chevelure nue, certains sont barbus, d'autres glabres, surtout les jeunes car il a été décidé que tous les jeunes de plus de quinze ans, s'ils sont assez âgés pour se faire tuer pour le Roi et payer son impôt, peuvent bien se joindre à la délégation, et comme ils prévoient qu'il y aura peut-être du grabuge, ils se sont armés de pieux solides et de vieux arcs, pour ceux qui ont déjà combattu pour le roi. Leurs visages sont graves et déterminés. Ceux de Fobbing ont élu pour parler en leur nom Thomas Baker, un grand serf résolu de quarante ans, paysan fort aisé possédant riche tenure et de gros moutons bien laineux, qui a combattu en France et qui a quitté le plaid en même temps que William – lui a refusé de représenter les villageois parce que, dit-il, il est trop vieux.

Sur le *greene*, ils se rangent derrière Thomas, à côté trois groupes semblables : ceux des camarades de Brentwood, Corringham et Stanford-le-Hope. Les femmes, les enfants et les vieillards de Brentwood sont rangés sur l'autre côté. Le village de Fobbing est appelé en premier.

« Villageois de Fobbing, commence John Bampton, j'attends de vous que vous m'expliquiez pourquoi la capitation levée par notre seigneur le Roi n'a pas été payée entièrement par votre circonscription, alors que l'enquête menée par la commission royale a montré que de nombreux feux du village ont refusé de se déclarer, pour échapper ainsi à leur dû.

– *My Lord*, je suis Thomas Baker, chef de la délégation de Fobbing que voici derrière moi. Sauf votre respect, nous venons vous signifier que nous avons déjà payé la capitation, et que nous ne paierons aucun reste.

– Qu'est-ce alors que vient me signifier votre délégation ? Comment osez-vous défier votre devoir vis-à-vis du roi, ainsi que le recommandent les Écritures ? Vous armez-vous de piques par provocation, cherchez-vous à vous opposer à la représentation sacrée du Roi ?

– Monsieur, sauf votre respect, pardon, mais nous ne croyons pas que payer l'impôt soit un devoir sacré, d'autant plus que nous en avons déjà payé un semblable pas plus tard que l'année dernière, et un autre il y a pas plus de quatre ans. Nous payons moult taxes au seigneur, au bailli, au pâtre, au forestier, nous payons la dîme. Tous ces gens-là pas plus que vous ne nous semblent vraiment sacrés, pour tout vous dire. Nous n'avons plus d'argent, et nous ne pouvons plus vendre de bêtes pour en dégager sans nous appauvrir au-delà du raisonnable. On en a plein le dos de cracher tout le temps au bassinet. De plus, sans vouloir manquer de respect à votre Seigneurie qui a l'air de se porter fort bien et d'arborer soieries et fourrures, comme à ce qu'on dit aussi se gobergent les mauvais conseillers du Roi (*le visage de John Bampton vire à l'écarlate, il lance entre ses dents un « sales gueux » que les paysans les plus proches s'empressent de relayer dans les rangs plus éloignés, « il a dit quoi ? – il nous a traités de sales gueux ! – ouais vas-y comme c'est nous manquer de respect ! » grondements de protestation, Bampton renonce à interrompre Thomas Baker qui continue, imperturbable, car il a bien préparé son discours et doit rester concentré, ce n'est pas tous les jours qu'il a si grande responsabilité*), nous paysans subissons déjà de nombreuses contraintes qui nous empêchent de travailler pour un juste salaire. Nous pensons que le Roi est mal conseillé. Nous trouvons que cet impôt est injuste, qu'il est injuste qu'il s'applique indifféremment à tous les paysans du royaume alors qu'il est de notoriété publique que les nobles doivent payer moins, et que lorsqu'ils refusent de payer on les laisse s'en tirer. Nous récusons les commissions venues nous interroger sans ménagement au prétexte que nous refusons de nous enregistrer. Nous sommes des hommes et pas des vaches à traire pour les amusements de ces messieurs les Puissants (*Bampton tourne au violet*). Sauf votre respect, *my Lord*, nous demandons que vous exigiez également l'impôt au Manoir. Nous donnons notre sang pour la guerre, notre travail pour le seigneur, nous ne vendrons pas nos biens pour payer les guerres voulues par les mauvais conseillers du roi.

– Vous avez fini, le gueux ? Vous défiez la justice du Roi ? Vous qui n'êtes rien ! Insolent ! Je n'en entendrai pas plus ! Sergents, qu'on se saisisse de cet homme ! »

Ce dialogue court et viril se conclut donc hélas sur une totale incompréhension entre le représentant de l'ordre et le bon peuple, à notre grand inconfort. Aucune tentative de conciliation n'est proposée, pas de négociations paritaires, pas de médiateur du ministère : c'est la confrontation.

Grondements dans l'assistance : Non mais quoi ? Il veut l'arrêter ? Mais j'hallucine ! Il l'insulte alors que Thomas a été super poli. Manque de respect ! Arrêter notre représentant, injuste ! Il a parlé pour nous tous ! Vous voulez l'arrêter, arrêtez-le avec nous ! Ouais, et avec mon bâton dans la gueule en plus. On défie pas la justice du roi, connard, on dénonce des abus ! Écoute-nous et va expliquer ça au roi, au lieu de nous insulter comme de la racaille !

« Racaille sans foi ni loi, c'est bien tout ce que vous êtes ! » (manifestement, sir Bampton n'est pas un diplomate né).

Huées confuses, bousculements, piétinements. Laissez-le, lâchez-le ! Si tu l'emprisonnes, racaille noble, emprisonne-nous tous ! Tu vas voir comme on va te la démonter, ta prison ! Ta gueule, sale nanti ! Les sergents au trou ! Libérez Thomas ! Libérez Thomas !

« Il suffit, vous répondrez de vos offenses ! Reculez ! »

Ouais, tu parles, comme si tu ne nous avais pas offensés ! Lâchez Thomas ou on vous dézingue ! (Les deux sergents, encerclés, font le dos rond, le plus âgé se tourne vers Bampton et lui fait un signe négatif de la tête.) Attention, ils vont l'emmener ! Les laissez pas faire ! Ne les laissez pas tirer leurs épées ! Estourbissez-les ! Butez-les !

Les deux sergents, vieux briscards qui tiennent à leur peau et à leur paie, se sont empressés de lâcher Baker (Victoire ! Victoire ! Sus aux traîtres !) pour protéger l'officier royal, et poussent derrière eux John Bampton, toujours écarlate de rage, l'épée nue. Une dizaine de paysans armés de gourdins les suivent pas à pas, guettant la moindre inattention, jusqu'à ce que les sergents finissent par jeter Bampton dans l'ouverture d'une grange qu'ils referment à double tour. La foule se jette alors sur les rogatons désarmés que lui livre le sort implacable et se tourne vers les trois clercs apeurés, empêtrés dans leurs parchemins (eux qui ne pensaient que remplir quelques colonnes de chiffres), et les jurés désignés par

Bampton. Collabos ! Traîtres ! Ne les laissez pas partir ! Une pierre, peut-être envoyée par un des enfants de Brentwood (violence de l'innocence), atteint l'un des clercs, un petit homme effacé aux cheveux gris qui se poissent de sang. Le premier sang est versé, la curée peut commencer, un grand piétinement indistinct où chacun porte ses coups sans que personne puisse dire « C'est moi qui ai tué ». C'est ainsi que s'emportent les flots, le fond des fleuves arrache les pierres du lit des rivières sans parfois y distinguer les petits cailloux.

Ils tuèrent les trois clercs de Bampton et, dit-on, « plusieurs » des jurés de Brentwood – car les morts, eux aussi, ne se comptent pas dans les mêmes unités selon leurs origines.

Pendant ce temps, John Bampton, ses deux sergents et ses serviteurs avaient sellé les chevaux et sont sortis par la porte de derrière sans demander leur reste tandis que les villageois s'acharnaient sur les corps restés à leur portée. Il a laissé derrière lui ses mules, toujours chargées des coffres vides.

Dimanche de Pentecôte, au soir, forêt de Basildon, Essex, Angleterre.

Voici venu le moment crucial qui sépare l'émeute de la révolte : on a cassé deux-trois pots, brisé des vitrines au coin de la rue et laissé quelques cadavres sur le carreau, ça fait la mesure pour un accès de colère comme il y en a d'ailleurs eu les années passées. Ça, c'est *business as usual.* Encore une manif avec trois-quatre éborgnés par les flics. Il est possible de rentrer chez soi et de faire le gros dos – quoique Thomas Baker risque de prendre cher pour tout le monde, car tuer quelques ploucs du crû, c'est une chose, buter trois clercs savants d'un membre du Parlement, c'est quand même plus délicat.

Les trois corps ont été hâtivement ramassés et déposés sur des tables dans l'église de Brentwood, en attendant que le chapelain revienne les enterrer (à la nouvelle de l'échauffourée il s'est enfui on ne sait où). La mort, ça se respecte, c'est une affaire vu que, peut-être (même si on commence à en douter au village), les gars ressusciteront du bon côté. Les familles des villageois tués, quand l'effervescence est retombée, ont récupéré leurs cadavres pour les laver et les veiller, ce qui a sans doute donné lieu à de tristes scènes, ces tristes scènes éternelles des femmes errant sur les champs de bataille à la recherche de leurs morts, quand l'adrénaline et le sang ont coulé et qu'il ne reste que les larmes ; sans doute l'une ou l'autre ont-elles maudit les acteurs de ces violences, le poing levé, en hurlant imprécations et souffrance ; sans doute certains, regrettant déjà leur geste, ont-ils rasé les murs en regagnant leur maison ou ont-ils maladroitement tenté de réconforter les femmes et de leur expliquer, d'autres, peut-être les plus jeunes, les faisant taire avec mépris car ce ne sont pas les vies brisées qui doivent empêcher le bien commun d'avancer, ou bien car, tout simplement, ce sont des problèmes de bonne femme.

Non pas qu'au Moyen Âge les vies aient valu moins qu'aujourd'hui (d'autant qu'il est fort long, ce *Moyen Âge*), mais alors l'épuisement des âmes et le souvenir trop vivace des millions de vies fauchées par l'atroce Mort Noire, puis la guerre, émousse les deuils ; peut-être les paysans étaient-ils moins sensibles à ces violences qu'en d'autres siècles, mais rien n'est moins sûr. Tu ne t'en souviens pas, toi qui es à l'abri, mais demande à ton arrière-grand-père blessé en 1917 à Perthe-les-Hurlus, aux tas de cadavres qu'on a enchaulés en 1945. La violence est le débouché de la violence : on ne peut pas, simplement, la subir sans fin.

À quoi, dès lors, allaient servir ces meurtres ? La violence devait-elle rester immédiate et soudaine, comme un bref jaillissement, un acte interdit mais ponctuel qui calme la colère, faire passer d'un coup de branlette une frustration millénaire, ou aller à la recherche de l'Amour qui comble tous les manques pour toujours ?

Leur colère était-elle autre, était-elle de celles qui renversent et aplanissent les montagnes, l'incendie qui ravage les forêts en avalant tout sur son passage, et qui après avoir grondé connaît son heure la plus chaude dans les braises intenses, qu'un coup de vent rappelle à leur pouvoir dévastateur, la braise dont la chaleur est insupportable à plusieurs mètres, celle qui couve encore sous la cendre depuis le long début des siècles, depuis qu'un homme dit à un autre « tu seras mon serviteur », depuis le long début de l'injustice, cette injustice qui ne connaît pas de fin ? Pourquoi, un jour, la dignité des hommes leur semble-t-elle plus sacrée que la vie, alors qu'ils ont auparavant infiniment subi, courbé la tête sous le joug ? Pourquoi, un jour, une autre aurore semble-t-elle possible, alors même que cela semble fou, impossible, comme un Carnaval qui durerait toute la vie ? Est-ce que, comme le promettent les Écritures qu'ils entendent prêcher tous les dimanches, « *Oui, vous sortirez avec joie, Et vous serez conduits en paix ; Les montagnes et les collines éclateront d'allégresse devant vous, Et tous les arbres de la campagne battront des mains* » ?

Les hommes de Corringham, Fobbing et Stanford-le-Hope se retrouvent. La forêt est le lieu des communs et des derniers recours, celui où fuir quand on a menacé un John Bampton. La forêt est le lieu où se rejoignent régulièrement ceux qui n'en peuvent plus, pour « comploter ». Faute de meilleur mot, nous dirons qu'ils complotaient ; en réalité, on ne peut pas le savoir car les paysans n'écrivent pas. Mais peut-on raisonnablement supposer que des milliers d'hommes se lèvent comme des pâquerettes pour aller dire son fait au Roi ? Une sombre atmosphère règne alors en Angleterre : les paysans font appel aux cours de justice, au Roi (appel qu'ils perdent à coup sûr, car au fond ce ne sont que des bouseux), ils s'opposent au servage et refusent les corvées selon leur interprétation de l'antique *Domesday Book*, le Grand Inventaire de tous les biens existant en Angleterre réalisé sur l'ordre de Guillaume le Conquérant au XIe siècle (on ne le croirait pas mais, bien qu'ils ne sachent pas écrire, les gueux ont de la mémoire) ; de plus en plus nombreux, des membres de l'élite paysanne refusent de participer aux cours de justice locale, ou s'en retirent comme William Ferrour ; ils se méfient des clercs et des textes écrits qui servent de base à l'injustice, tandis que les prêtres sont les seuls à pouvoir lire la Bible ; certains s'emploient à détricoter l'action des cours de justice et montent des opérations de récupération d'animaux confisqués en manière d'amende à la faveur de la nuit ; d'autres discutent pour déclarer des communautés villageoises indépendantes du système centralisé londonien haï ; on craint, si les Français envahissent le royaume, que les paysans, ces traîtres, se rangent du côté des envahisseurs. Leurs rois parlent français eux aussi, alors quelle différence ? Mieux vaut un Roi plus lointain et qu'on ne connaît pas que cet accablement de taxes, et nos fils qui ne reviennent pas de cette guerre interminable. Bref, c'est tendu.

La peur grandit et, comme chacun sait, la peur, mère de rumeurs, tremblements et soubresauts incontrôlables, est mauvaise conseillère. Ainsi les nobles, emplis de peur et de suffisance, font à peu près le contraire de ce que recommanderait la sagesse à un régime tyrannique qui voudrait se maintenir à flot (*panem*, *circenses* et l'illusion de la liberté, enfin moi je ferais comme ça si j'étais un tyran) en renforçant leurs ordonnances et les poursuites contre les serfs ayant quitté leur domaine. Du coup, les mecs sont de plus en plus chauds, se réunissent de plus en plus souvent dans la forêt, c'est tout juste s'ils n'ont pas installé des tentes et des fourrures en mode cabanon du week-end, la charge est installée, tout est prêt pour que ça pète, faut croire qu'on a fini par foutre le feu à la mèche.

Les villageois de l'Essex ont passé le mot à ceux de Basildon, Wickford, Chelmsford, ceux qui ont aussi refusé de payer l'impôt et qui sont impliqués dans le malheureux massacre de la journée. Il paraît que dans le Kent, il y a moyen que les hommes se joignent à eux. Le pays est rassasié d'injustice, la colère gronde. Ils sont une centaine assis autour d'un grand feu, concentrés comme une harissa à te défoncer les boyaux.

Ceux de Fobbing : Thomas Baker, serf, William Ferrour, homme libre, William Gildeborne, le plus riche du village, homme libre, Matthew Blair, serf, John Geoffrey, bailli, homme libre, Walter Baxter, forgeron, homme libre, Hugh Walton, serf, John

Collan, serf, Geoffrey Somerforde, serf, etc., etc. Et puis Johanna, qui les a rejoints dès que Matthew est venu la chercher. Elle regarde, en retrait, mais elle est d'accord, de plus en plus d'accord. Enfin, ils vont revendiquer la justice ! Elle veut en être. C'est pourtant une des seules femmes - certaines autres ont aussi accompagné leur mari, quant à elle rien ne pourra plus l'en faire démordre. Comme elle n'est encore que tolérée, elle se contente d'écouter, assise contre son mari.

« Qu'est-ce qu'on fait maintenant, alors ?

– C'est la merde, on a le *Chief Justice* de la cour des Communes au cul, Bealknap, un vrai tordu celui-là ! On devrait rentrer chez nous et faire le dos rond en attendant que ça passe.

– Je ne suis pas d'accord, ça suffit ! On a trop fait le dos rond. Et puis quoi encore, attendre qu'ils nous débusquent dans nos propres foyers et qu'ils nous pendent pour l'exemple ? Il faut aller voir le Roi et lui expliquer nos doléances. Il est encore jeune, ses mauvais conseillers lui ont sans doute farci la tête de fariboles. On doit tous y aller, appeler tous les villages à nous rejoindre.

– Mais on a tout de même tué des membres du *plaid* ! Ce sont nos frères !

– Le *plaid* est complice ! Il abuse du statut de serf pour nous forcer à payer des taxes et des corvées supplémentaires ! Ils sont comme des esclaves ! D'ailleurs, ils ne s'emmerdent pas non plus dans l'ensemble, niveau thunes. Ils avaient accepté de témoigner pour l'autre saloperie de juge de paix.

Ils ont perdu le sens de la communauté ! Est-ce que c'est pas ce que tu dis toi-même, William ? Tu n'as pas quitté le *plaid* parce que tu étais solidaire des demandes injustes de corvées du seigneur ?

– C'est vrai. Je suis fatigué de participer à un système injuste. Mais attention à la direction où nous dirigeons notre colère : notre communauté villageoise n'est pas ce qui nous fait souffrir d'injustice, mais les mauvais nobles qui ne méritent pas leur statut.

– Ouais, la noblesse, assise sur son cul à nous tondre comme des moutons déjà dépiautés pour soi-disant nous protéger. Sans toison, on est à poil. On s'est fait entuber pour leur bon plaisir, tout ça pour que le vieux Edward devienne Roi de France, tu parles si on s'en tape, une seule couronne ça lui suffisait pas ?

– Connards ! Non seulement ils prennent nos fils, mais en plus pas foutus de gagner une bataille.

– Si on se crève le cul sans aucune contrepartie, ça va continuer, il faut qu'on le fasse comprendre.

– La justice est corrompue, nous le savons tous ! À quoi ont mené nos plaintes et nos appels devant les cours royales ? Il est injuste de nous enfermer dans notre servitude alors que nous sommes si peu à travailler la terre. Nous avons eu raison de refuser pour le seigneur, c'est notre droit d'après le *Domesday Book* ! Nous devons rétablir une vraie justice commune.

– Les seigneurs nous empêchent de louer notre travail au juste prix ! Le vieux Roi a adopté des lois scélérates ! Nous refusons de nous enchaîner à nos terres sans pouvoir nous enrichir, tout ça pour payer leurs guerres !

– Ce n'est pas juste de la part du Roi, de se ranger du côté des seigneurs qui abusent de nous. Mon cousin a été emprisonné parce qu'il était parti ailleurs chercher du travail mieux payé, au prétexte qu'il est serf. Soi-disant ! Et ils ont produit toutes sortes de papiers soi-disant pour le prouver alors que c'est du flan, il est aussi libre que moi ! Notre travail est tout ce que nous possédons, nous devons être libres de le vendre au juste prix !

– Si j'en crois les sermons de notre gros prêtre, le Christ est mort pour racheter notre liberté à tous : de quel droit on nous maintient dans un tel état de soumission ?

– Il faut détruire leurs biens injustement acquis, rétablir l'équilibre des richesses. Buter trois pauvres mecs parce qu'ils ont le malheur d'être les gratte-papiers du lèche-cul du roi, faudra pas recommencer. Il faut mieux choisir nos cibles.

– On vaut mieux qu'eux, c'est vrai ! (*Murmures d'acquiescements dans l'assistance.*)

– Faut leur montrer qu'on fait pas ça pour s'en foutre plein les fouilles, faut que le Roi comprenne qu'on est là pour la justice, pas juste parce qu'on est en colère.

– Ni parce qu'on veut de la thune ! Nous, on veut pas péter dans la soie, on veut seulement un juste salaire.

– Tu parles de salaire ! Tiens, l'oncle du Roi, à Londres, il a un palais de fou : un truc énorme sur le bord de la Tamise, ça dégorge d'or et d'argent, des tapisseries partout, il se gêne pas le mec. Il doit nager dans une piscine d'or, celui qu'on gagne à la sueur de notre front.

– C'est vrai, putain, c'est nous qui faisons tout le boulot, les seigneurs se contentent d'encaisser le fric en restant assis sur leur gros cul.

– Dehors ! Exploiteurs !

– Ça ne peut plus continuer comme ça.

– On n'a pas le choix, faut y aller. À Londres.

– Expliquer nos revendications au Roi, en force. Aller prévenir les autres villages de l'Essex, et aussi les hommes du Kent, j'ai entendu dire qu'ils sont aussi bien remontés contre cette injuste merde.

– Abolition des lois injustes, abolition du servage !

– Décidons ensemble : au vote !

– Liberté ! Liberté ! Liberté !

– À Londres ! À Londres ! »

Ok, alors maintenant, admettons que c'est décidé, tous ceux qui veulent iront à Londres, pour présenter leurs doléances au Roi et le ramener dans le droit chemin dont ses conseillers félons l'ont éloigné – étrange cette foi et ce besoin que placent les hommes dans le chef, le leader, le roi, le président, l'empereur, le sauveur, appellations interchangeables et permanentes ; et quand un seul de ces gouvernants enverrait un million de ses sujets à la mort, c'est encore la leur qu'on retiendrait : il y a plus de « peuples tueurs de rois » que de « rois tueurs de peuple », et pourtant. Bon, les paysans de l'Essex, accordons-leleur, n'en sont pas là, ils répondent à un déséquilibre économique et politique qui suscite des injustices, ils croient en Dieu, et que Dieu a placé le Roi sur le trône. Ils croient, et selon ce qu'ils croient ils partent prêcher, comme les Apôtres, comme l'a dit Jésus ; « *Allez, prêchez, et dites : le royaume des cieux est proche. Guérissez les malades, ressuscitez les morts, purifiez les lépreux, chassez les démons.* »

Attention, niveau intendance, c'est quand même le XIVe siècle, les mecs sont pas au niveau des trotskistes non plus, ça panique un peu, cette expédition à trente kilomètres de chez soi. Heureusement, les femmes restent sur place pour garder la baraque. À chaque messager envoyé pour expliquer et rassurer les gueuses, ce sont paroles de recommandations (tu penses, on est début juin, y a du taf aux champs) : Qu'elle ne s'inquiète pas, on revient bientôt Le Roi se rendra vite compte qu'on a raison Dis-lui de bien séparer les moutons et les agneaux en attendant la tonte Qu'elle se méfie du voisin, il n'est pas parti avec nous, il va encore essayer de déplacer sa borne pour nous choper du terrain Et surtout qu'elle ne se précipite pas chez le curé ! Toujours à me démonter la gueule celui-là, sous prétexte que j'aime trop la bière, parce que je refuse de payer l'entièreté de sa dîme de merde. Les messagers acquiescent sans en retenir le premier mot, ils rassureront les bonnes femmes et tenteront de concentrer leur éloquence sur le recrutement d'autres hommes, plus on sera nombreux, plus on a de chances que ça marche, et moins on aura peur. Il faudra maintenant décider aussi qui marchera devant, parce qu'on veut bien participer mais porter le chapeau non merci, mon bon monsieur j'ai trois enfants et je tiens à la vie, j'ai participé parce que j'étais obligé, j'ai eu peur pour ma vie mon bon monsieur, des enragés, tous !

Johanna pense à la maison vide, aux moutons, aux champs, elle se rend compte qu'elle s'en fout. Elle laisse William s'occuper de demander que son oncle et sa tante prennent soin de l'exploitation, puis ils discutent de ce qu'ils ont de mieux à faire. William n'est plus très chaud, il n'est plus tout jeune et son côté notable installé lui titille l'estomac ; Johanna est inflexible, elle veut marcher sur Londres, *tu me dois bien ça* (allusions jamais exprimées à ce mariage dont elle n'a pas vraiment voulu, à son corps qu'elle lui laisse quand il le veut sans qu'elle en tire ni plaisir ni enfant, à sa vie volée enfin, volée en partie par William), il argue, négocie, marcher sur Londres directement c'est trop, soyons messagers, tu pourras les convaincre, allons dans le Kent, traversons la Tamise, soyons les représentants, « *soyez les brebis au milieu des loups* », comme le Christ a demandé aux Apôtres, il donne tout ce qu'il a William, il se dit que d'ici qu'ils soient dans le Kent les choses auront bien le temps de se calmer.

Erreur ! Car dans le Kent, la température est aussi montée à la tête des gars, encore une histoire de noble : Simon de Burley, conseiller (félon ! forcément félon !) des Rois, a revendiqué un pauvre mec comme étant son serf échappé de ses terres. Le gars, qui voulait juste gagner honnêtement sa vie, a tenté de racheter sa liberté, mais pas moyen : deux sergents, les chaînes, et bim ! en prison. Manque de pot, c'est vers ces remous qu'on envoie William et

Johanna. En fait de retour au calme, ils vont débarquer en pleine tempête. Et ça, c'est ce qu'elle veut, Johanna : elle n'en peut plus d'attendre, ni de se calmer, il faut qu'elle éclate.

Château de Rochester, Essex, Angleterre.

C'est dégueulasse, dans cette cellule. Ce château tombe en ruines, tu parles, la prison pleine de courants d'air, je vais choper la crève. Et comment je vais faire moi ? Quelle injustice ! Je suis pas un escroc, je demande rien à personne. C'est un peu raide de se retrouver au trou alors que je fais pareil que des centaines de mecs. Je suis pas un délinquant. Je demande juste à pouvoir travailler honnêtement. Cette histoire de servage, c'est quand même abuser, qu'est-ce que j'en sais moi, de ce que faisaient mes ancêtres ? J'ai perdu toute ma famille dans la Grande Peste, pas d'aide ni de protection, j'allais pas rester à me crever le cul pour l'autre connard toute ma vie, à crever de faim parce que Môssieur a décidé de nous interdire l'accès aux forêts. Sans doute que ça lui suffit pas d'être gardien de Carmathen et connétable de Windsor, le lèche-cul du Roi. En plus, paraît qu'il est même pas noble mais qu'il a chopé la position au piston, parce que c'était un pote du Prince Noir et qu'il a été élevé avec lui. Moi, je veux bien qu'on m'élève avec le fils du Roi, tu crois que j'irais poursuivre tous les pauvres mecs qui vont chercher du boulot hors de leur glèbe juste pour survivre ! Survivre avec tout mon temps passé à faire les corvées du seigneur parce que j'étais jeune et en bonne santé, tu parles ! Rien à faire pour gagner ma croûte, et comment j'étais censé trouver une femme ? Fonder une famille ? Et maintenant il me demande un salaire de Roi, trois cents livres ! C'est ce que je gagne en cent ans, et pourtant je bosse dur ! Demandez aux gens du village ! Je bosse ! Pas comme tous ces fainéants qui squattent les hôpitaux et se font soigner aux frais des Franciscains. D'ailleurs, si on va par là, le clergé, bande de profiteurs, rien à faire, et t'encaisses la dîme. Suffit de savoir lire. La belle affaire !

S'en prendre à moi ! La bonne blague ! Un homme qui travaille comme moi ! Me faire ça ! Respecté de sa communauté ! Je me demande bien comment il m'a retrouvé, le salaud, ça fait trois ans que je suis à Gravesend. D'ailleurs, ça pourrait très bien ne pas être moi ; des Robert Belling doit y en avoir d'autres dans ce pays ; c'est ce que j'ai dit, c'est pas moi. C'était une connerie de faire comme m'ont dit les baillis et tenter de négocier une amende. D'abord parce que Burley est un sale enculé, et que c'est clair qu'il fait ça pour le principe. Et puis du coup j'ai quasi avoué, accepté de payer, bon, ça fait mauvais effet... Mais ça aurait pu marcher si ç'avait pas été l'autre.

Qu'est-ce que ça lui fait, au gars, que je gagne honnêtement ma vie sur une tenure comme il faut, que je trouve une femme... Je suis pas un voyou, moi ! Pas un vagabond, pas un pauvre hère qui vit de la charité publique ! Je vis de mon travail, je suis honnête ! L'injustice, incroyable ! J'ai rien demandé à personne, je suis un bon sujet, je paie mes impôts moi, tu veux nous taxer encore ? Je paie ! Mais trois cents livres ? Comment c'est possible de demander ça à un honnête travailleur ?

Je suis sûr qu'on m'a dénoncé. Ce salaud de Thomas, sans doute. Il a toujours lorgné ma femme. On me l'avait dit : *Ne prends pas une femme trop belle.* Belle femme au logis attire les envieux et les aigris. Enfin, elle travaille bien et ne se plaint jamais. Je comprends ce vieux nul de Thomas, avec son laideron, et en plus elle passe son temps à trainasser sous prétexte qu'elle est enceinte. Moins que rien.

Quelle blague quand même, venir me chercher au nom du droit de suite... On n'est plus en sécurité nulle part... Pourquoi ? On dit que ma femme aurait... Que c'est pour la récupérer, et l'avoir à disposition sur ses terres qu'il... Mais c'est pas vrai, ma femme est pure. C'est ma femme ! Je suis honnête, j'ai choisi une femme honnête, et modeste ! En tout cas, il avait donné ses ordres, il voulait pas que je m'en tire, le salaud. Envoyer deux sergents m'arrêter en plein travail, devant tout le monde. Z'avaient qu'à me passer les chaînes tant qu'on y est ! Moi, un honnête travailleur ! Je voulais juste gagner ma croûte honnêtement mais selon mes capacités. C'est injuste de brider quelqu'un comme moi, au nom du fait que mon père était serf, tu parles, mon père il a crevé quasi à ma naissance, je lui dois rien. Et à ce salaud de riche non plus. Rien à foutre et la thune leur tombe dans la bouche. J'aurais dû prendre un autre nom, au lieu de rester honnête. Il m'aurait pas retrouvé, ou du moins il n'aurait rien pu prouver. Voilà, restez honnêtes et vous serez puni. Les baillis me connaissent d'ailleurs, ils savent que je suis un brave catholique, c'était bien intentionné de leur part de m'aider à négocier. Négocier, tu parles ! Le mec se sent plus, avec la protection du Roi, il se croit tout permis. Trois cents livres, quand même ! Le chien ! Quelle humiliation ! Trois cents livres ! La dot d'une fille de baron ; ma femme m'a à peine rapporté trente-cinq shillings. Trois cents livres ! À ce compte-là, j'en ai pour cent ans de boulot, cent ans ! pour gagner la somme. Les mecs du village avaient l'air bien remontés, sympa, ça ! Ils savent que je suis un honnête homme, que je mérite pas ça. Ce que j'aimerais pas, c'est me retrouver associé à leur mouvement anti-impôt, là. Moi, c'est une erreur ! Moi, je respecte la justice du Roi. L'impôt est sacré. Je suis un bon travailleur, j'ai rien à me reprocher. J'ai rien demandé. Je suis sûr que je vais m'en sortir. Je dirai que c'est pas moi. Personne ne peut prouver que c'est moi. Sauf ma femme, mais elle va témoigner en ma faveur. Voilà.

Entre l'Essex et le Kent.

William et Johanna, ainsi donc, traversent la Tamise. Pas sur un pont, bien évidemment, elle est ici trop large. Le dernier pont est à Londres, en aval ce sont des centaines de *ferrymen*, passeurs de voyageurs, de commerce, de marchandises et de nouvelles, qui assurent pour quelques pence dans leurs bacs, canots, barquettes et autres, le passage. Johanna, d'ailleurs, en a profité pour passer le mot qu'il se passe quelque chose, et que les mécontents des méchants conseillers du Roi peuvent s'y joindre s'ils le souhaitent.

Tout le temps de la traversée, William a tenté d'apaiser la situation avec Johanna. Évidemment, ça a exactement l'effet inverse. Ça la broute à un point incroyable. Quel lâche ! Petit bras ! Si elle eût su faire un soufflé, voilà ce à quoi William lui aurait fait penser ; d'ailleurs, peut-être se dit-elle qu'avec un coup d'aiguille bien placé dans son gros bide, elle pourrait le faire dégonfler d'un coup, comme une baudruche.

C'est comme ça quand tout à coup quelque chose se brise et change la manière dont on voit quelqu'un que pourtant on aimait ou côtoyait depuis des années. Tout à coup, cette personne devient insupportable, elle vous porte sur les nerfs à tel point que vous avez envie de hurler de rage et de la bourrer de coups de poing dès qu'elle ouvre la bouche. Et c'est d'autant pire que l'autre fait un effort pour être gentillesse et pédagogie – mais c'est quoi ce délire, tu penses savoir mieux que moi parce que tu es un homme ?Tu tentes de mecspliquer la vie ? Mec, j'ai passé trente ans, j'ai pas de gosses, tout le monde me méprise et je m'en bats la rate, je me tape ta tiédeur gentillette depuis dix ans tous les jours, je survis à cette vie tépide sans savoir comment et quand enfin je peux me mettre à VIVRE, c'est tout ce que tu as à dire ? Me connais-tu si mal ? M'as-tu jamais VUE ? Je veux la Justice pour tous, mais je veux aussi partir, te quitter, m'en aller d'ici, je n'en peux plus de ta gentillesse et de tes attentions constantes comme si j'étais en verre, de quoi as-tu pitié, de quoi te sens-tu coupable ? De mes enfants perdus avant leur naissance, de m'avoir refusé la Justice du Roi ? Je n'ai pas besoin de toi, plus besoin de toi, plus envie de toi, jamais eu envie de toi. Tais-toi ou je te le dis, je ne veux pas être cruelle mais je n'en peux plus de me taire. J'ai traversé mon propre fleuve, mon Jourdain, je suis baptisée de feu et de soif de Justice.

Les grands bouleversements sont d'abord intérieurs. Johanna n'a pas seulement traversé la Tamise, elle a franchi le Rubicon, elle est montée à la barricade, enfin vous voyez l'idée, elle a vu la vérité, c'est comme ce que disent ces prêtres errants inspirés par ce professeur de théologie, Wycliff, que Jésus est le garant de la vérité et qu'il faut que nous ouvrions les yeux, que nous regardions l'injustice du monde en face, comme le moment où le Chris est mort : « *Et voici, le voile du temple se déchira en deux, depuis le haut jusqu'en bas, la terre trembla, les rochers se fendirent.* » Ça veut dire qu'elle n'est plus séparée de Dieu, et que tous seront égaux face à Lui, nobles et paysans, hommes libres et serfs, hommes et femmes, que tous sont déjà à Ses côtés et doivent se battre pour que Son règne arrive. Elle est prête à regarder la Vérité en face.

Tandis que ces dramatiques circonvolutions s'emparent du crâne de Johanna, qui ronge son frein et évite de regarder William en face tant elle a envie de réduire sa gueule en bouillie, elle qui avait fini avec le temps par le trouver plutôt sympathique – en oubliant les interminables séances de pilonnage sans fin et sans finesse auxquelles il la soumet régulièrement pour se satisfaire en grognant. Le bas de son ventre bedonnant vient frapper méthodiquement le haut de ses fesses quand il la prend par-derrière.

Expérience commune finalement pour une femme qu'un ventre bedonnant qui vient heurter méthodiquement le haut de vos fesses tandis que vous récitez mentalement la liste de vos tâches ménagères pour le lendemain. Pourtant, Johanna préfère quand son mari la prend par-derrière car ainsi elle n'a pas à faire semblant avec son visage, seulement avec sa voix (quelques gémissements stratégiquement placés, elle l'a remarqué, abrègent l'épisode).

Elle a parfois voulu tenter d'expliquer à William *en quoi* il est *absolument, totalement, désespérément* vain (des adverbes peuvent être ajoutés ici à satiété) de tenter de faire jouir une femme en la ramonant avec sa bite. Il s'agit, tout simplement, d'un acte vaguement (voire très, dépendant de la taille de l'engin et des dispositions physiques et d'humidité de la femme engagée) désagréable par essence ; disons, par exemple, que l'on ferait aller et venir un tube en carton dans votre narine jusqu'à la racine du nez. Il est possible, aurait-elle voulu dire, que nous (les femmes) ayons envie de vous (les hommes) faire plaisir, et de participer à ce frottement, mais c'est parce qu'on est bien bêtes, ou parce que les préliminaires nous ont amenées à bien aimer ce petit tube de carton dans le nez. Mais comment dire cela à un mari gentil au fond et qui croit qu'il fait tout comme il faut ? Heureusement, le sexe de William n'est pas démesurément gros car, contrairement à une autre croyance fermement ancrée dans l'inconscient isolationniste des mâles, la taille ne fait pas grand-chose à l'affaire, voire, si le tube est trop gros et trop dur, peut être un motif de souffrances difficilement supportables.

Précisons qu'à ce stade William est heureusement trop préoccupé pour lire clairement dans la tête de Johanna, ou pour tenter la moindre approche de nature sexuelle ; tout drame est donc évité, même si Johanna retourne dans sa tête les moyens qu'elle a de se débarrasser de son mari et à part l'assassinat, pour lequel elle n'a pas spécialement d'appétence, elle doit se rendre à l'évidence : ils sont faibles.

Dartford, Kent, Angleterre.

Circonvolutions à part, car tout le monde sait que la ligne droite n'est jamais le plus court chemin, William et Johanna finissent par atteindre leur but – pas fort éloigné d'ailleurs.

Dartford est un lieu de passage. Aujourd'hui, c'est une sortie d'autoroute : le seul pont en aval de Londres à permettre la traversée de la Tamise, inauguré en 1991 – deux tunnels existaient dès les années 1960, entre Thurrock (Essex) et Dartford (Kent). La Tamise n'est pas si aisément domestiquée. En réalité, pendant longtemps, Dartford fut moins un carrefour qu'un T. La branche manquante tourne le dos à la Tamise infranchissable, donc (ou tout du moins, difficile à traverser). La branche à main gauche (que l'on appelle communément ouest) part vers Londres. La branche à main droite (est, donc) s'ouvre vers Canterbury (lieu de pèlerinage et riche évêché) et Douvres (le port maritime de Londres), soit vers le Continent (routes de commerce et de guerre). Enfin, le corps du T file vers le bas (que l'on appelle communément sud) le long de la vallée de la Darenth, aujourd'hui une petite rivière oubliée (*down the riverside*) qui donne prétexte à un sentier touristique, mais à l'époque rivière passablement humide et sujette à nécessité d'éloignement de l'habitat. L'humidité est à la fois une utilité et une contingence : il faut boire, laver, etc., mais tant qu'on ne la maîtrise pas, l'eau déborde et menace, ou tout simplement stagne et spongifie le sol de marais et autres paludes, bien utiles pour laisser pacager les moutons et errer les âmes solitaires.

Ainsi Dartford n'est pas à proprement parler *au bord* de la Tamise ni même de la Darenth et de la Cray, les deux rivières qui y font confluence, même si ces dernières ne sont qu'un pet de lapin comparées à la majesté du fleuve artériel de l'Angleterre. Dartford est *au-dessus* : toutes rivières apportant alluvions et érosions, Dartford peut se percher un peu et offrir un convenable asile aux prieuré, marché, hôpitaux et autres aménités et services offerts aux voyageurs et pèlerins déjà fatigués à une trentaine de kilomètres de Londres (18 miles mais j'ai jamais rien compris à cette mesure) ; bref, c'est un *hub* (ou « moyeu » en langage courant), d'importance locale mais d'importance néanmoins (gardons à l'esprit que Londres alors égale Charleville-Mézières aujourd'hui, ce qui nous donnerait Sedan, cuvette de malheureuse mémoire et puis c'est tout, comme équivalent de Dartford). C'est donc vers ce haut lieu des itinéraires du temps (ou plutôt *moyen lieu*, rappelons-nous que l'Angleterre est encore un pays *moyen*, ne nous laissons pas entraîner par l'aura romantique des voyages révolutionnaires, d'ailleurs nous sommes en un âge lui-même *Moyen*) que se dirigent Johanna et William. L'aura de ce voyage est d'ailleurs tout à fait relative, puisqu'un couple respectable comme eux ne soulève pas spécialement les ardeurs ni les soupçons de la maréchaussée, qui est en l'occurrence occupée à pourchasser des rebelles que l'on dit ici, mais qui sont là et qui se dérobent à ses ardeurs telle une armée de fantômes, maréchaussée qui se fait surtout copieusement gourmander par les seigneurs en charge de l'impôt qui ne se remettent pas bien qu'on tente de toucher à leur personne sacrée. Ils se cherchent, reste à se trouver.

Dartford, Kent, comme tout à l'heure.

William est bien dépité : pas moyen d'échapper au bordel. En gagnant la place centrale de Dartford, ils se sont retrouvés en plein dans un groupe de paysans en colère, les marchands des arcades ayant prestement rangé leurs étals, quelques moines hospitaliers tentent de calmer les esprits mais finissent par se replier sous les quolibets – pas trop malveillants, car on sait le travail qu'ils accomplissent au service de tous, mais vraiment, toujours conservateurs, ces damnés moines, tandis qu'un jeune convers, moine chargé des travaux manuels du monastère, s'enhardit et finit par se défroquer pour suivre les séditieux.

Au centre du groupe, distribuant la parole avec un air d'autorité, leur souhaite la bienvenue un homme grand et mince, la chemise largement ouverte sur sa poitrine glabre (*quelle drôle d'idée*, se dit Johanna, *il a vraiment envie de se donner un* genre) et sans cotte, tête nue, une petite hache coincée dans la ceinture, s'appuyant nonchalamment sur un grand arc de combat. « Wat Tyler, couvreur, ancien soldat du Roi. Vous arrivez à point, camarades ! Nous sommes de nombreux rustauds venus de l'Essex pour discuter d'une injustice faite à un des nôtres, traitreusement emprisonné par un favori du Roi, Sir Simon Burley, un seigneur notoirement injuste (le salaud ! il a pas le droit ! y en a marre !), au prétexte que c'est un serf qui a quitté sa tenure. Il exige une rançon de prince pour le libérer, alors que l'homme n'a fait qu'échapper à des corvées injustes. »

Liberté ! Liberté ! Justes salaires !

La nouvelle du soulèvement de l'Essex est ainsi accueillie par un chaleureux hourvari et lancers de chapeaux, au cours desquels Johanna en profite pour retirer sa coiffe qu'elle ne remettra plus désormais. Ça la fait rire. Elle secoue ses cheveux comme dans les marais. Les hommes sont trop occupés à discuter pour s'en offusquer. Ils l'accepteront sans trop épiloguer, de toute façon elle n'est pas *de chez eux*. Certains penseront même qu'elle est la fille de William, et non sa femme. De toute façon, les femmes sont, au fond, de peu d'importance.

Le compagnon de Wat Tyler, plus râblé et avec un début de ventre, qui se tient légèrement en retrait mais arbore lui aussi un des redoutables arcs de la piétaille anglaise, plus grand que lui, touche machinalement son crâne qui se dégarnit, et remet rapidement son couvre-chef. Ça fait rire Johanna à nouveau, il la voit et sourit aussi, d'un air un peu contrit. Ah les hommes, ça a beau brandir un arc de belle taille, ça se préoccupera toujours de la taille de son sexe ou du nombre de cheveux sur son crâne. Elle fait une petite révérence, sur la petite île que constitue leur rencontre au milieu des éclats de voix fermes de Wat Tyler et excités des paysans : « Johanna » (plus besoin de nom, elle n'est à personne) – il fait à son tour une courbette, « Tu peux m'appeler Jakke, Jakke Carter ». Car c'est le nom qu'il a choisi, un nom de rustaud, un nom d'anonyme, même s'il a été élu par eux comme leur chef. Il a une voix extraordinaire, cet homme, la voix la plus douce et melliflue, très exactement, qui soit – elle a tout à fait la douceur du miel, et la richesse modulée d'un bois précieux, sombre et clair selon les nœuds qui l'animent, beau malgré (ou plutôt, à cause de) son irrégularité. Eh bien, se dit-elle, voilà, il n'y a pas besoin de tant de choses finalement. La douceur, alors que nous partons détruire le monde tel qu'il est.

L'organisation du tour de parole est mise en place. Jakke Carter note en son for intérieur l'ordre de ceux qui lèvent la main – temps où l'on a encore la mémoire longue pour suppléer à la rareté du papier et à l'ignorance de l'écriture, même si Jakke, en l'occurrence, sait à peu près lire – Johanna le reprend parfois doucement quand il se trompe, car elle fait souvent dans son for intérieur des listes de courses ou de tâches ménagères interminables : les orateurs (peu nombreux en réalité, ne sont-ce pas toujours les mêmes quelques-uns qui parlent ?) montent sur un banc, tandis qu'autour la foule, agrémentée pour l'étape de femmes et d'enfants, se met à l'aise sur la place.

Décisions sont prises (par acclamation) de remplir les objectifs suivants :

– marcher sur Rochester pour exiger la libération du serf Robert Belling

– se rendre à Canterbury pour exprimer leurs doléances à l'évêque

– suivant la persistance (ou non) de l'enthousiasme général, marcher sur Londres (dans l'autre sens) pour exprimer leurs doléances au Roi *mais pas seuls ! on compte sur les gars de l'Essex*.

Bref, d'abord on règle les affaires locales, et on verra ensuite si le cœur nous en dit. Prudence paysanne.

« Bien, réagit William qui voit sa femme hirsute et la foule brandissant haches, couteaux et bâtons avec une stupeur grandissante, nous allons retourner en informer nos camarades de l'Essex.

– Tu fais ce que tu veux, William, dit Johanna, je pars avec eux, je veux être là où ça se passe. »

C'est à ce moment précis, au milieu d'une foule en effervescence et désordonnée, que William a compris que Johanna a franchi son fleuve et qu'elle ne retournera pas en arrière. Dès lors, il a le choix : la violence, le renoncement, avec elle ou sans elle... Il décide, car il l'aime et car il a toujours su qu'elle partirait un jour et qu'elle le ferait souffrir, il décide de rester mais de ne la contraindre à rien. Il ne dit rien. Il la regarde tristement (que c'est triste, un homme abattu par une femme !). Elle hausse les épaules, sourit et se retourne vers Jakke qui lui raconte comment Wat Tyler et lui ont fait la guerre ensemble en France, avant de rentrer pensant trouver la paix mais ne rencontrant qu'injustice et incompréhension. « On va devoir se battre, dit-il, tous tant qu'ils sont, ils tiennent trop à leurs privilèges, ils ne s'en laisseront pas déposséder par quelques cris de colère. Serons-nous assez courageux pour aller jusqu'au bout ? » Ce ne sont, après tout, que des paysans, c'est vrai. « Les soldats français sont de pauvres types comme nous, qui veulent qu'on leur foute la paix et qui ne rêvent que de retourner chez eux ; franchement, quelle différence ça nous fait que le Roi s'appelle Plantagenêt ou Valois ? Ne sont-ils pas tous Français d'ailleurs ? Notre jeune Roi est né en Aquitaine, et il ne parle pas bien l'anglais. » Johanna ne dit rien, elle n'est pas encore très décidée sur la question, et puis le Roi, quand même, n'est-il pas l'oint du Seigneur, celui qui veut le bien de ses sujets ? Tous disent que le problème, ce sont ses conseillers félons, son oncle, le Conseil royal, pas le Roi lui-même. On ne bascule pas si aisément vers l'idée de l'interchangeabilité des puissants, vers le régicide, alors qu'on est parti de l'injustice d'une taxe et, dans le cas de Johanna, de cette révolte sourde contre le monde qui l'habite depuis que John l'a collée au sol pour la pénétrer contre sa volonté. Dans le monde de Johanna, pour le moment, le Roi est encore celui qui rend la Justice, et elle est persuadée que si elle avait eu accès à son tribunal, elle l'aurait obtenue, cette Justice. Elle ne veut pas déboulonner le monde, Johanna, elle veut rétablir la Justice – bien sûr, on n'a pas encore vu l'un sans l'autre (la Justice sans le déboulonnage), et même, l'avons-nous déjà vue, bienveillante et absolue pour tous, la Justice ? Mais elle ne sait pas encore bien ; elle est passée dans un autre monde, un monde de Vérité, mais on ne la voit pas toute d'un coup, comme ça, la Vérité, et pas souvent quand quelqu'un vous l'explique. Il faut la voir de ses yeux. En attendant elle écoute et ne dit rien. Elle sait très bien n'en penser pas moins, voire désapprouver, en silence : c'est un art qu'on apprend aux petites filles dès leur plus tendre enfance.

Ils partent tous en chantant, les hommes de Dartford, Wat Tyler, Jakke Carter, Johanna et William Ferrour, qui peut-être chante moins fort que les autres, sur la branche droite (communément appelée Est) du T, vers Rochester, à quelque cinq heures de marche.

Va-t-il falloir se battre ? La mort et la violence ne se laissent pas mettre de côté si aisément, se dit Johanna alors qu'ils croisent une bande de bandits laissés à pendre, pour l'exemple, au gibet du bord de la route ; quelle sorte de bandits étaient-ce ? Des vauriens prêts à couper la gorge de leurs semblables pour quelques sous, ou alors, se dit-elle au travers de ce nouveau voile qui change à ses yeux les couleurs du monde, ou alors étaient-ils simplement des hommes qui voulaient vivre autrement, hors des contraintes cruelles de la communauté, en gyrovagues. Pourquoi détestons-nous ceux qui ne suivent pas le même chemin, parce qu'ils nous montrent un écho assourdi de ce que peut-être nous aurions osé faire ? que devrions-nous oser faire ? Ils restent là, pendus, à se balancer au vent léger de la fin du printemps, comme ceux que Villon décrit presque un siècle plus tard, vision quasi quotidienne et peut-être mauvais présage :

> La pluie nous a débués et lavés
> Et le soleil desséchés et noircis.
> Pies, corbeaux nous ont les yeux cavés,

Et arraché la barbe et les sourcils.
Puis çà, puis là, comme le vent varie,
À son plaisir sans cesser nous charrie,
Plus becquetés d'oiseaux que dés à coudre.

François Villon, Épitaphe.

Rochester Castle.

Rochester Castle est une masse, un château de légendes. Il ne garde cependant pas une princesse blonde, endormie et un peu bécasse car elle attend que son Prince Charmant vienne la réveiller et après moi le Déluge, mais défend le passage de la Medway, au dernier pont avant son embouchure, qui se jette dans l'estuaire de la (toujours, de plus en plus) majestueuse Tamise – « *La Tamise est Histoire liquide* », écrit John Burns, historien anglais, syndicaliste et barbu. Bien que moins imposante, la Medway est une voie de pénétration vers le Sud du Kent, les terres les plus riches du royaume, et surtout, son passage à Rochester permet de gagner Douvres et donc de relier Londres au Continent (nous rejoignons ainsi cette grande voie commerciale depuis Dartford) ; c'est aussi un des points où peuvent se porter les attaques des vaisseaux ennemis. Le château garde ainsi pour des siècles (depuis 1127 et toujours en forme – huit-cent-quatre-vingt-dix ans quand même) cet actif carrefour qu'on ne saurait laisser ouvert à tous les vents ; il se dresse derrière le pont en venant de Dartford. Il vous en coûtera la modique somme de 6,40 £ pour visiter ce bâtiment historique, ouvert tous les jours de 10 heures à 16 heures. Château de légende en effet, ceint d'une rangée de remparts crénelés déjà propre à faire reculer n'importe quelle troupe de péteux, derrière laquelle se dresse immuable un énorme donjon carré (trente-cinq mètres de haut, onze mètres de plus que la Bastille !) flanqué de quatre tourelles carrées, le tout dûment crénelé. Cinq étages de fenêtres se succèdent, de plus en plus larges à mesure que l'on monte : d'abord trois étages de meurtrières, puis deux rangées de fenêtres plus élégantes en arc brisé, au linteau en pierre blanche, et qui en d'autres temps ont dû abriter les appartements du Roi, plus guère usités depuis quelques siècles (car, déjà en 1381, ce donjon a plusieurs siècles). L'enceinte s'ouvre sur trois portes : l'une directement sur la Medway, à droite du débouché du pont (gardé lui aussi par une porte fortifiée), la deuxième sur le village et la cathédrale ; ces deux portes débouchent sur la cour intérieure, qui nécessite de traverser une porte fortifiée pour accéder au donjon proprement dit ; la troisième donne directement sur le donjon, vers le sud, et tourne le dos à la Medway ; les deuxième et troisième portes s'ouvrent sur des ponts-levis surmontant une douve entourant le complexe. À main gauche, au débouché du pont, se trouve la ville de Rochester, traversée par la route de Douvres qui doit apporter chalandise, commerce et profits.

Le donjon profite d'une surélévation assez exceptionnelle au fond d'un méandre convexe, quasi sur sa barre, lieu d'alluvionnement plutôt délaissé d'ordinaire par les implantations humaines en raison de sa mollesse altitudinale structurelle : le méandre convexe est, pour le dire vulgairement, un lieu bas, humide et sujet aux inondations, ce qui lui fait préférer en règle générale son antithétique versant, le méandre concave (car tout convexe a nécessairement son concave, et inversement), favorisé par sa position dominante le protégeant des inconvénients cités précédemment (bas, humide et sujet aux inondations). Besançon, par exemple, antique cité fortifiée, surplombe dignement le Doubs depuis son versant concave, que Jules César daigna honorer d'un commentaire dans la *Guerre des Gaules*. Les Romains s'y connaissaient en méandres et en ponts ; d'ailleurs, ce sont eux qui ont construit le premier passage sur la Medway ; il serait fastidieux ici de vous indiquer toutes les occurrences locales héritées de l'époque romaine, tant elles foisonnent : il suffit de dire que ça déconne pas niveau génie civil, ce qui peut faire penser que les Romains étaient un peuple d'ingénieurs ; tout comme les Français le sont restés, des mecs qui passent des concours pleins de chiffres et dépassent d'incroyables difficultés techniques au prix des vies écrasées de milliers d'ouvriers que nous avons oubliés, mais pas les ingénieurs.

L'état de cette imposante infrastructure, cependant, n'est pas des meilleurs : coût des reconstructions, emprunt de pierres par des seigneurs indélicats pour construire leur propre manoir, érosion des tempêtes, bref, mieux valait aborder la bâtisse le chef couvert d'un casque de chantier. Le vieil Édouard III cependant, prévoyant la montée des hostilités avec les Français, dépense deux mille livres dans les années 1360 pour remonter la tour. On comprend mieux pourquoi les impôts augmentent à vue d'œil. La guerre est une affaire d'hommes, la guerre est une affaire de rois, la guerre est une affaire d'argent.

En un mot comme en cent, une sacrée masse de pierre se dresse devant les paysans. Techniquement, aucun moyen que les gars jettent à bas un tel ouvrage, construit pour être imprenable. Pour s'en emparer et chasser les barons rebelles qui l'occupaient en 1215, le Roi Jean (le lion pervers du dessin animé) y mit siège et ne réussit qu'à mettre bas le mur extérieur, alors même que cinq machines de guerre balançaient sans trêve un barrage de pierre sur l'enceinte. Il dut, dit-on, utiliser la graisse de quarante porcs bons à rôtir pour enflammer le bois placé dans la mine creusée sous la tour sud du donjon, et enfin réussir à entamer la muraille. Cependant, ce n'est que sous l'effet de la faim que la garnison se rendit. Voilà pour tes quarante porcs avec lesquels on aurait pu faire bombance : quelle pitié que la guerre !

Le pont, lui, est en passe de se casser la gueule, cherté des temps, courants de marée, hautes eaux de la fonte des neiges, manque de main-d'œuvre, unité du royaume, oubli de l'envahisseur, divisions administratives et dilution des responsabilités financières (Margaret Thatcher n'avait pas encore diffusé les bienfaisances du partenariat public-privé). À l'époque cependant les ponts sont affaire sérieuse, la maîtrise des arcs en plein cintre ne vaut pas le tablier en béton du pont de Tancarville, c'est vaste affaire que de traverser un fleuve (la Tamise, on n'y pense plus à cette longitude) et que d'entretenir de tels ouvrages. D'ailleurs, le pont de l'époque est une antiquité en bois, ou plus exactement un tablier de bois reposant sur neuf piles de pierre espacées d'une vingtaine de mètres environ. À l'hiver de 1380-1381, une large part du pont est emportée par les forces combinées des eaux du dégel et des glaces. Le pont, à l'été 1381, est donc largement impraticable, et il est fort à parier que les paysans en colère ont emprunté – au moins une partie d'entre eux – des ferrys, bacs, barquettes, pour traverser la Medway. Ils ont d'ailleurs sans doute refusé de payer, tout en passant le mot qu'il était temps de se révolter contre les collecteurs d'impôts abusifs. Enfin, bref, ils ont traversé, et l'histoire ne dit pas comment, les ferrys qui traverseront de rive à rive, les révolutions, les ans, les siècles, toujours, toujours, tenter de traverser, traverser l'eau qui est toujours et pas tout à fait la même.

Ils doivent être plusieurs centaines ; ce n'est pas une petite troupe, certes, mais absolument pas de quoi faire tomber une masse comme le donjon de Rochester. Je ne me représente pas bien la chose, puisque que les mecs du château avaient dû les repérer depuis quelques bons kilomètres, et auraient donc eu tout loisir de les mitrailler de pierrailles, flèches, huile bouillante, ou de les recevoir au moins avec une solide garnison au débarquement, devant la porte de l'enceinte donnant sur la Medway. Et pourtant, ils ont libéré Robert Belling sans coup férir. Les grands exploits des révolutions ne sont pas des exploits militaires : ce sont bien plus des élans du cœur, des élans de peur, des manœuvres de guérilla, ou un peu des trois. Lesquels l'emportèrent dans la libération de Robert Belling, honnête homme (selon sa propre appréciation) et symbole malgré lui ?

Arrivés à la poterne principale, les paysans crient leur colère ; Wat Tyler et Jakke Carter demandent à voir le constable. Ont-ils fait appel à sa raison ? Les soldats de la garnison étaient-ils trop fatigués, ou le *constable* sentait-il ses troupes trop peu motivées ? Prêts à bouffer du Français, mais pas du concitoyen ? Ou même prêts à bouffer personne, il fait beau et la solde est faible ? Les frères des soldats, celui du *constable*, étaient-ils des paysans écrasés de taxes aussi, ont-ils fraternisé (discrètement) en se disant qu'un seul prisonnier, c'était pas la mer à boire ? Le prisonnier leur cassait-il les pieds en leur expliquant par le menu à chaque fois qu'ils lui apportaient à bouffer qu'il était un honnête homme et qu'il n'avait rien fait ? Jakke a-t-il sorti un couteau effilé de sa poche et a-t-il dit au *constable*, doucement et aimablement, d'une voix suave mais terrifiante, que soit il libérait Belling, soit il aurait le cou promptement coupé ? Toujours est-il que le brave *constable* n'a pas longtemps lutté, et qu'il a rapidement fait chercher et relâché le brave Belling au milieu de ses camarades, au son des vivats, tally-ho et autres *Deus nobiscum*.

Le jeune frère convers défroqué, ébahi et ravi, s'exclame que tout cela le fait penser à la manière dont Josué, soutenu par Dieu lui-même, fit tomber Jéricho : *Quand ils sonneront de la corne retentissante, quand vous entendrez le son de la trompette, tout le peuple poussera de grands cris. Alors la muraille de la ville s'écroulera, et le peuple montera, chacun devant soi.*

Ainsi, pas plus que les sans-culottes ne prirent la Bastille ou que les bolcheviks ne prirent le palais d'Hiver, les rustauds ne prirent le donjon de Rochester, mais bien plutôt, le donjon de Rochester se rendit. Et, mieux que les cent morts de la Bastille et les quelques dizaines du palais d'Hiver, pas un tué ne fut à déplorer.

Les révoltes ont cette appétence pour l'ouverture des prisons, cette soif de défoncer les barreaux, de voir un bâtiment vide et dévasté, portes battantes, le saccage, d'ouvrir au ciel la geôle qui symbolise l'arbitraire, l'injustice, la prise du pouvoir sur les impuissants. Ouvrir les portes aux fous, aux prédicateurs, aux oiseaux, à nous-mêmes lorsque nous étions enfants, ouvrir les portes aussi bien un peu aux voleurs, aux tueurs, peut-être qu'à l'aube du nouveau jour ils deviendront eux aussi les héros de nos chants et de nos conquêtes, peut-être qu'enfin le monde nouveau que nous créerons sera sans Mal. Et ce sera la fin de l'Histoire, nous n'aurons que des écoles et des champs de blé, des chansons, du vin, on manquera de rien, le soleil sera infini, le loup dormira avec l'agneau. J'ai un rêve, l'esclave et son maître marcheront, égaux, la main dans la main. Nous serons délivrés de nous-mêmes et de ce qui nous sépare, ce qui nous enferme. Il y aura une route. Il y aura une route, et nous la suivrons ensemble. Et ce sera comme dans le psaume, et la Vérité nous délivrera de nos angoisses, elle nous fera sortir des ténèbres et de l'ombre de la mort, elle rompra nos liens, elle nous rendra, enfin, libres.

Les paysans du Kent ont ouvert les portes des geôles, fait tomber les murs et rompu les liens. Ils ont dévasté la prison de Maidstone, défié le donjon de Rochester, libéré les prisonniers des cellules de Canterbury. Les portes des prisons doivent être non seulement ouvertes, mais arrachées, dégondées, déferrées, elles doivent être réduites à néant pour ne plus jamais se refermer. Ils ont fait ouvrir les portes des prisons, les portes des villes, les portes des églises, car en ce temps-là il y a tant de murailles et de portes et quel ennemi empêchent-elles d'entrer ? Les Français, les Vikings, ou bien d'autres encore, nous peut-être ? Si vous pensiez, nobles et évêques, que vous pourriez cantonner les rustauds à l'extérieur, vous vous trompiez.

C'est ainsi comme pour Josué, comme si à chaque solide muraille il suffisait qu'ils approchent pour que les murs s'effacent, comme s'ils étaient, en effet, les élus du Seigneur venus rompre les chaînes du pauvre peuple. La nouvelle de leur arrivée s'est répandue comme une traînée de poudre. Au seuil de Canterbury, les portes se sont ouvertes de l'intérieur : ce sont les apprentis, domestiques et petits artisans, qui eux non plus n'en peuvent plus de payer de coûteuses taxes. Pour eux aussi, la dernière capitation a été la goutte qui fait déborder le vase. Ils sont d'accord pour obtenir la liberté de leurs frères paysans à condition de desserrer le joug des corporations sur leur nuque, eux qui veulent accéder aussi à plus de liberté (et de prospérité, car la liberté c'est bien beau mais quand on n'a rien à grailler, c'est pas tout non plus). Celui qui tient le pouvoir, ici, c'est un de ces riches hommes d'Église félons qui ont perdu le sens de l'Évangile, car l'Évangile nous dit *Heureux vous qui êtes pauvres car le royaume des Cieux est à vous !* Ce seigneur, c'est Lord Sudbury, l'archevêque de Canterbury, le primat d'Angleterre, le *Lord Chancellor*, la maudite canaille hypocrite qui a fait voter la capitation bien que son titre devrait lui imposer d'être le garant de la Justice dans le royaume. En son absence (il se terre lâchement à Londres avec le Roi), les paysans ont envahi la cathédrale, l'ont officiellement déposé sous les bons auspices d'un certain John Ball.

Car dans le tas des libérés de prison, ils ont certes récupéré le brave Robert Belling qui n'avait vraiment rien demandé, mais aussi un rebelle de choix, le prédicateur John Ball. John Ball, quarante-cinq ans, prêtre, vieux roublard de la lutte pour les libertés, rompu à répandre la parole rebelle dans ses sermons itinérants : puisque la peste a dépeuplé les pasteurs en les églises, John Ball, infatigable serviteur de la lutte contre l'injustice, se sert de l'absence de curés pour prêcher partout où il le peut, comme si l'Église tenait meeting chaque dimanche. Excommunié et emprisonné par Jean de Gand pour avoir prêché la pauvreté des prêtres et l'égalité sociale entre tous, c'est un disciple de Wycliff à ce qu'il paraît, cet homme qui veut que chacun puisse lire et comprendre l'Évangile, radical réformateur contre les gras débordements de l'Église et pour le retour à la seule Parole de l'Évangile, car l'homme se nourrira à la parole de l'Éternel, non pas à celle du curé qui empoche la dîme de trop bon gré. Du bon gros potentiel de fouteur de merde.

Qu'il soit habitué aux retournements de situation par une vie aventureuse, ou prédisposé à croire en la flamboyance de son destin par sa foi, John Ball n'a pas semblé le moins du monde surpris quand une troupe de paysans est venue ouvrir les portes de sa cellule et lui a annoncé qu'il était libre. « Mes bons amis, merci, vous accomplissez à n'en pas douter les volontés du Seigneur ! » s'est-il exclamé alors d'un ton un peu pompeux – et Johanna a ri dans son for intérieur de cette bonhomie à la fois chaleureuse et condescendante. Ball, comme conscient que le silencieux for intérieur de cette femme était la seule note discordante de sa triomphante libération, s'est enquis après les effusions de rigueur de ce que faisait derrière la troupe des lieutenants de Wat cette « charmante jeune femme ? Pour le divertissement de la troupe ? Je ne suis pas sûr que ce soit une bonne idée ! » avec un rire entendu qu'ont partagé les lieutenants. « C'est ma femme, Johanna », a répondu tranquillement William. « Elle veut nous suivre et se battre avec nous, n'avons-nous pas besoin de toutes les bonnes volontés ? » s'est écrié Jakke en même temps. « Mais fort bien, fort bien mes amis ! Quel enthousiasme ! Du moment que ce n'est pas une vierge prophétesse ! Tous sont bienvenus », et il a ri à nouveau, accompagné, à nouveau, des lieutenants. De quoi a-t-il peur ? s'est dit alors Johanna (son for intérieur a commencé à bouillonner). Pourquoi suis-je la seule à devoir justifier ma présence ici ? Et pourquoi n'ai-je pas répondu moi-même ? Jésus voyageait bien avec des collecteurs d'impôts et des prostituées, et je n'ai rien fait de mal. Ils pensent qu'une femme n'est pas capable de se battre ? Ils verront bien.

John Ball, dès lors rassuré et bonhomme, a conféré plus sérieusement avec Wat et ses lieutenants de la situation, de la route à prendre et des actions à mener. C'est un homme plutôt grand et qui semble aimer la bonne chère, car ses dents sont plutôt gâtées, mais il n'est pas bien gros, sans doute le résultat de son emprisonnement, des cheveux drus et emmêlés un peu jaunes et gris mélangés. Des rides, le teint blanc (la prison aussi, sans doute) qui le distingue au cœur de la foule hâlée des paysans. Une voix assez basse et profonde, rassurante souvent, mais qui sait emporter, qu'elle traduise la colère ou l'enthousiasme, une voix qui fait oublier son aspect finalement quelconque. Sa libération faisait-elle partie du plan de Wat Tyler ? Johanna ne le sait pas mais ces deux-là ont l'air de se connaître ; Jakke, plus tard, lui confiera avoir déjà entendu l'homme prêcher plusieurs fois. Elle-même, du reste, a déjà eu vent de sa réputation.

Ainsi, les idées d'égalité et de liberté ne sont pas nouvelles, elles continuent toujours d'exister, telles de minuscules rivières souterraines, par la voix de prédicateurs errants, jusqu'à ce qu'elles puissent émerger avec la violence d'une résurgence, longtemps oubliées en surface mais toujours présentes. John Ball, quoi qu'il en soit, est persuadé d'incarner ces idées le mieux du monde, et n'a-t-il pas passé une vie assez difficile pour cela ? Car il est clair qu'il croit de tout son être à ses idées, et qu'il est pareillement persuadé qu'il est la meilleure personne pour les défendre et mener les âmes des paysans. Allons, dit-il, et ils le suivent.

Ainsi Ball a-t-il encouragé et béni à Canterbury la démission forcée et imaginaire du gros Sudbury, le suppôt des puissances de l'Argent qui pète le cul dans la soie et parcourt ses riches demeures dans tout le royaume quand ses paroissiens n'ont pas le droit de déménager dans le bled voisin. Pour se faire plaisir, Ball a motivé les troupes à s'attaquer aux moines de l'abbaye, de gras bénédictins des villes qui poussent des cris aigus alors qu'on leur demande gentiment de prêter loyauté à la cause des pauvres, « *car ce sont les élus du Seigneur* ».

Depuis qu'ils ont quitté Rochester, les rebelles pillent les propriétés liées de près ou de loin aux membres du Conseil royal (et il y en a un paquet, un peu comme ces humbles quatorze pièces que certains de nos politiques déclarent comme de modestes résidences secondaires inchauffables) ; pas un sou issu de ces pillages, cependant, ne doit être volé ou profiter à un rebelle. Meubles, vaisselle, tissus précieux, partent en fumée dans de prompts incendies. La cause des rebelles est la liberté, et non pas l'enrichissement aux dépens d'autrui, même si autrui les a volées, ses richesses, même si certains d'entre eux sont pauvres comme Job. Ils ne sont pas des soldats de fortune, mais des soldats du Christ. Dieu jugera. Quelques ennemis sont exécutés, en particulier avocats et magistrats, symboles de l'injustice paperassière. On ne fait pas d'omelette...

Ils ont aussi brûlé des textes par centaines. Des textes de loi et archives légales, en particulier. En attendant de détruire tous les documents de l'archevêque stockés au palais de Lambeth, à Londres (décidément, c'est à Londres qu'il faut aller !), ils ont fait là belle œuvre, non seulement contre les petits manoirs qui les exploitent, mais aussi contre le plus puissant des exploiteurs, complice de l'oncle du Roi, en le déposant de son archevêché et en ouvrant sa prison (car John Ball était détenu à Maidstone au nom de l'archevêque). Ils escaladent les échelons de la hiérarchie gouvernementale en leur voyage et leur furie destructrice.

Johanna regarde tout cela d'un peu loin. C'est tout de même effrayant, même si on en fait partie, une foule en fureur. Elle ne comprend pas toujours l'intérêt de cette violence. Alors, comme toute femme qui se respecte, elle demande à l'Homme – Jakke en l'occurrence, car William est de moins en moins chaud et s'offusque de ces faits d'armes, parlant de crimes, de meurtres et de retour en arrière. Elle parle parfois à John Ball aussi, mais il fait souvent comme s'il ne l'entendait pas. Elle demande.

Les livres, tout de même, ne sont-ils pas à la semblance de la Bible ? Brûler des biens mal acquis d'accord, mais des registres ? D'abord, lui dit Jakke, cela n'a rien à voir avec nos Évangiles, mais il s'agit ici d'écrits qui permettent notre oppression, contrairement à la coutume qui nous protège (comme on le voit, la notion d'écrit protecteur est toute relative lorsque moins d'un tiers de la population sait lire). Les corvées et devoirs exigés de nous indûment par les seigneurs sont arrêtés dans ces papiers, et c'est ainsi que nous les brûlons pour les faire disparaître, tout comme nous punissons la corruption généralisée des cours de justice. Ensuite et surtout, c'est vrai, nous faisons appel à la violence. Mais qu'est-ce que nous subissons depuis des siècles, sinon la violence des seigneurs et des grands prêtres ? Nous ne faisons que retourner la violence à l'envoyeur. Et puis, si nous créons une crise suffisante, une tension insupportable pour les seigneurs, ne seront-ils pas *alors* obligés de négocier ? Quand les a-t-on vus autrement écouter nos doléances ? D'habitude, c'est comme si nous étions des fourmis qui pissons dans un luth, c'est-à-dire rien. Non, nous n'obtiendrons rien sans un bon gros coup de pression. Tu as vu l'intérieur de leurs manoirs et de leurs palais, et crois-moi, ça c'est encore de la petite bière comparé à leurs palais de Londres : jamais des mecs sains d'esprit ne céderaient de tels privilèges sans y être obligés. Or, toute leur thune provient de l'exploitation des roturiers, et en particulier des pauvres. Il faut leur faire sentir que ça ne peut pas continuer.

Nous sommes en chemin.

Jésus, à bien regarder dans les lignes de ce fameux Évangile, dont les curés choisissent soigneusement les passages en latin qu'ils commentent ensuite en éloignant de leur mieux du texte son potentiel séditieux, Jésus n'était pas un mouton, quoi qu'on le surnomme familièrement l'agneau de Dieu, c'était pour mieux tromper son monde car dans le Royaume de Dieu tous seront égaux, les premiers seront les derniers, le riche entrera plus difficilement qu'un chameau (« c'est un gros animal qu'on dit semblable à un cheval de labour avec des bosses sur le dos », l'a informé un paysan qui a fait le pèlerinage à Jérusalem dans sa jeune vie) dans le chas d'une aiguille. Le Royaume de Dieu, décide intérieurement Johanna, ça doit être aussi un endroit où l'on n'a PLUS à enfiler de fil dans une aiguille, plus jamais, parce que... parce qu'on n'y porte plus de vêtements ! Puisqu'on n'a plus honte de sa nudité comme dans l'Éden, donc on n'a plus besoin de filer, ni de coudre ! On n'a plus besoin d'y faire aucune tâche ménagère, ni d'y subir les assauts du pénis de n'importe qui. Elle rougit et rit intérieurement, mais elle n'en parle à personne, car ici tout le monde est persuadé de l'importance d'un honnête travail, or Johanna déteste le travail qu'on lui confie. Et ici, tout le monde est un homme et personne ne file la laine, même s'ils ont également leur part de travaux pénibles. Car certes, Jésus était un extrémiste et non pas le serviteur des puissants ; et si nous, les paysans, sommes dans l'erreur, c'est dans l'erreur du Christ et advienne que pourra, car être les soldats de Dieu c'est faire advenir le Royaume pour tous (et non pas partir à la Croisade pour s'occuper de Mahométans qui n'ont rien à voir avec nos problèmes et que l'on nous donne en pâture pour éviter de regarder la poutre que nous avons dans l'œil).

Johanna écoute avec attention John Ball discuter de cela avec Wat Tyler, ou quand elle n'ose pas trop s'approcher (quelle femme oserait-elle approcher de trop près les hommes IMPORTANTS, d'autant plus importants qu'après avoir libéré Ball ils ont tous décidé d'élire Wat leur chef ?), c'est Jakke qui lui raconte. Peut-être, dit-il, que le Royaume de Dieu n'est pas *dans le futur* mais peut-être qu'il doit avoir lieu *maintenant*. Peut-être que c'est Dieu qui anime la révolte en nous.

All shall be ruled by
fellowship I say
In the life that is coming
in the morning.

Sydney Carter,
« Sing John Ball », 1981

II

Marche

Marcher sur Londres, aller exposer au Roi leurs doléances, et après... Advienne que pourra. Qui dans le tas a conscience de l'enjeu, qui croit que leur entreprise peut réussir, et à quel point ? Les révolutions sont d'étroites fenêtres qui d'un coup envoient un rai aveuglant au fond de la caverne, et elles ne savent même pas elles-mêmes qu'elles sont des révolutions puis, une fois qu'elles ont mis le doigt dedans, elles se retrouvent avec le poignet, le bras, l'épaule dedans et ne savent alors plus quand s'arrêter : quand le Roi cède plus de pouvoir, quand le Roi est démis et la République proclamée, quand le Roi est exécuté, quand les droits des plus pauvres sont assurés aux dépens des riches, quand les ennemis du régime doivent être emprisonnés, exécutés pour leurs idées ? Quand, quand, interrompre une révolution ? Quand est-ce que la révolution est finie ? Et qui en décide ?

Marcher sur Londres, marcher sur la capitale, car c'est là que se niche le pouvoir, car c'est ce que font toujours les révoltés quand leur colère ne peut s'éteindre avec deux-trois pillages. Marcher sur Paris, marcher sur Versailles pour aller chercher le boulanger, la boulangère et le petit mitron (et là ce sont les femmes qui ont marché, elles aussi le savent, voyez-vous !), marche du Sel, marche pour les droits civiques de Washington, marche des femmes, combien de millions de kilomètres avalés et de chaussures bousillées pour qu'au bout du chemin, toujours, se dresse l'espoir sans cesse déçu, sans cesse trahi, des lendemains qui chantent ?

Les paysans n'ont certes pas imaginé de révolution, ni même de théorie pouvant y mener, car ce qu'ils veulent, c'est un ordre finalement assez conventionnel, l'égalité devant l'impôt. Ce n'est que le début de ce que peut-être tout homme, et toute femme, devrait exiger, car, disent certains, c'est l'ordre naturel : liberté, respect, équité. Mais enfin ces choses n'ont pas l'air, dirait-on, si faciles à assurer. Les paysans représentent les Communs, se disent-ils face aux grands nobles corrompus. Les Communs devront-ils remplacer le gouvernement ? Que demander exactement au Roi ? La tête des conseillers félons, sans doute, et puis ? D'abord, voir le Roi, lui exposer nos demandes, on verra ensuite – mais la fenêtre restera-t-elle ouverte suffisamment longtemps ? Le nombre les rassure, ils sont de plus en plus nombreux, même si quelques-uns se sont débandés après les premiers pillages, grossis qu'ils sont des apprentis, compagnons, petits marchands de Canterbury eux aussi accablés par les taxes et les injustices des puissants et des corporations urbaines. De partout arrivent de nouveaux rebelles, vilains et libres, pauvres et plus riches, fermiers, voire petits nobles, car toutes leurs révoltes savent entraîner avec elles leur lot de traîtres à leur classe (qui, si la révolte se révèle victorieuse, peuvent rapidement tourner sociaux-traîtres, mais c'est une autre affaire). Et c'est ainsi que la route de Canterbury à Londres devient elle-même, le long de la Tamise, un second fleuve, le cortège de l'armée improvisée sinuant sur plusieurs mètres de large et plusieurs centaines de mètres de long vers la capitale, enrichi par autant de confluences à Faversham, Sittingbourne, Rainham, Rochester à nouveau (et peut-être même qu'ici les passeurs du bac se sont aussi joints à eux), ils viennent de tous les coins du Kent : de Sandwich et Ringslow, de l'île de Sheppey, de Kinghamford, Faversham, Eyhorne, Twyford, Shamwell, Axtane, Wrotham, Hormonden et autres localités aux noms imprononçables.

Le nombre : ils seraient plusieurs dizaines de milliers. Les chroniqueurs (John Stow, Thomas Walsingham, Henry Knighton, l'Anonyme de Sainte-Marie et surtout Jean Froissart, féroce contempteur de la révolte) disent trente à quarante mille en Essex, et le même nombre dans le Kent. On ne sait pas vraiment, en réalité, combien ils étaient, et eux non plus (d'ailleurs, combien savent compter correctement au-delà de mille ?) ; sinon que sur la route ils occupent un espace considérable, et que le soir lors de l'étape les hommes continuent à arriver plusieurs heures après que l'avant-garde s'est installée sommairement dans un pré. Contrairement à la tradition bien connue de la police contemporaine qui vise à tranquilliser les bons citoyens affalés devant leur télévision en minimisant les chiffres des participants aux manifestations, les chroniqueurs de ces temps reculés s'adressent à un public lettré, et pas aux téléspectateurs de la classe moyenne alors quasi inexistante, qui ont le pouvoir de faire basculer un mouvement social et s'en emparent rarement car ils espèrent toujours, en dépit de toutes preuves et statistiques, réussir un jour *individuellement*. Les chroniqueurs, eux, veulent faire comprendre à leurs alliés de classe le danger terrible dans lequel ces paysans obtus et déraisonnables ont mis l'ordre établi. Ainsi, leur compteur est plutôt branché sur un coefficient multiplicateur, celui qui forme dans l'imaginaire des *bonnes gens* des hordes sanguinaires, le couteau entre les dents. Mais ne savez-vous pas, bonnes gens, que nous pouvons tous, chacun et chacune d'entre nous, marcher un jour sur Londres ? Il n'appartient qu'à nous.

Alors, quand tous les voyants sont au beau fixe, rassurés par le nombre, noyés dans la masse, alors, c'est ce que l'on peut appeler l'instant de grâce ; regardez-le bien, il va durer quatre jours à peine. Le courage de tous s'effiloche quand se dégonflent les baudruches du courage de chacun. De l'Essex, du Suffolk, du Norfolk, ils convergent pour exposer leurs doléances au Roi. Leur colère est juste. Ils ont élu des chefs compétents, d'anciens soldats comme Wat et Jakke, des membres de leurs plaids comme William, des paysans riches, des baillis, des artisans, des hommes capables, qui certainement réfléchissaient comme eux, avec eux, depuis quelque temps, à ces injustices insupportables ; des chefs compétents qui ont de la confiance pour cent, pour mille, des chefs qui ont un plan de bataille ; des chefs qui croient que la justice (avec un petit coup de pouce du Destin, comme les armées parties dans le nord) peut l'emporter. Et surtout, ils ont un chef spirituel, John Ball, un prêtre, un homme saint, c'est-à-dire pieux, bienheureux, digne de respect, un homme de pont entre Dieu et eux, car ils ont trop le sentiment de leur infériorité pour penser qu'ils ont le droit d'avoir accès à Dieu directement. Bizarre, tout de même, que ce soient les mecs à la tête de tant de biens qui déclarent les Justes comme John Ball hérétiques ! D'autant plus que ce n'est pas le seul prêtre à marcher dans les rangs des rebelles : il y a John Wrave dans le Suffolk, et le chapelain de Thanet qui les a rejoints avec tous les hommes de la paroisse et un coffre bien garni : dès qu'il a eu vent de la révolte, il a organisé une quête afin de soutenir l'effort de rébellion. Cela montre bien que leur cause est juste, et que ce n'est pas parce qu'on est archevêque qu'on a été choisi par Dieu.

Or justement, c'est ce que John Ball, depuis vingt ans, s'obstine à leur dire, de sa voix de stentor : vous avez accès à Dieu, comme tous Ses enfants. John Ball sait lire, il lit donc le Livre, et Lui seul, et il L'interprète différemment des gras curés de village qui touchent la dîme et ne vivent pas dans la pauvreté et sur les routes comme l'Évangile le leur demande. Il prêche contre les riches et l'exploitation des serfs et des pauvres, il appelle à la liberté pour tous et à la justice sociale (car c'est bien beau de ne pas vivre seulement de pain mais des paroles de Dieu, encore faut-il d'abord avoir du pain pour pouvoir entendre les paroles de Dieu : ventre affamé n'a pas d'oreilles).

Le maudit Sudbury, archevêque de Canterbury et exploiteur du peuple, l'a emprisonné pour hérésie : la belle affaire que l'hérésie des puissants ! Il s'élèvera, dit le Texte, de faux Christs et de faux prophètes, qui séduiront beaucoup de monde ; et bien malin qui dira lesquels sont de faux prophètes, et si c'était l'archevêque de Canterbury, le Pape même ? John Ball, comme le Christ, vit dans la pauvreté et dans la puissance du Verbe, et les rebelles sont tous de bons Chrétiens, de bons hommes, des frères. Il prêche que s'ils vivent tous selon la parole de Dieu, adviendra le Royaume tel qu'Il l'a lui-même annoncé : *Il ne jugera point sur l'apparence, Il ne prononcera point sur un ouï-dire. Mais il jugera les pauvres avec équité, Et il prononcera avec droiture sur les malheureux de la terre ; Il frappera la terre de sa parole comme d'une verge, Et du souffle de ses lèvres il fera mourir le méchant. La justice sera la ceinture de ses flancs, Et la fidélité la ceinture de ses reins. Le loup habitera avec l'agneau, Et la panthère se couchera avec le chevreau ; Le veau, le lionceau, et le bétail qu'on engraisse, seront ensemble, Et un petit enfant les conduira.*

En vérité, en eux s'est allumé ce sentiment diffus que nous avons tous ressenti qui en entendant un Magnificat de Bach, qui alors que le héros du film, contre toute attente, se redresse et remporte le combat, qui en voyant le soleil se lever, qui en entendant le murmure du vent entre les herbes : ce sentiment que l'Humanité nous contient, nous emporte et nous élève plus haut que nous ne serons jamais, pris dans nos préoccupations égoïstes de vermisseaux, cette certitude que l'homme est juste et bon, que ce monde atroce n'est qu'une illusion et qu'il vaut d'être vécu, la Foi, en somme.

Marcher sur Londres, c'est croire en Dieu ; croire en Dieu, c'est croire en l'Humanité, c'est croire en la Justice, c'est croire en l'Égalité, en la Beauté, en l'Espérance.

En marchant, organisés en avant-garde et compagnies par Wat Tyler et ses lieutenants, les haches, arcs et faux sur l'épaule, ils chantent pour marquer le pas, peut-être arborent-ils la bannière des paysans ornée d'un soulier et de ses lacets flottant, car les gueux ne portent pas bottes comme les nobles – et d'ailleurs, n'est-ce pas pour cela qu'ils sont à pied –, et ils chantent.

Lorsque l'injustice devient la loi, la révolution devient une obligation.

Lutter contre l'impossible et vaincre.

La liberté, ou la mort.

Par l'Écriture, nous sommes libres et nous voulons être libres.

Avis au roi, le peuple est las de souffrir !

Tout le pouvoir aux soviets !

They've got the power, we've got the numbers.

Tyrans, tremblez !

Nous nous battons pour le respect et le bonheur des hommes.

Pas de liberté aux ennemis de la liberté.

Dignité et droits.

Les grands ne nous paraissent grands que parce que nous sommes à genoux. Levons-nous !

Le pain, la paix, la terre.

Marcher sur Londres, la semaine qui a changé la vie de Johanna. Nous n'avons pas tous la chance de voir basculer nos vies, ni d'en saisir l'opportunité. Elle l'a eue. Elle se fait toute petite car elle se sent encore un peu illégitime de penser au trou dans sa chaussure, et pas aux grands desseins de Dieu. Pour le meilleur et puis surtout pour le pire, se dira plus tard Johanna, pour le pire. Payer une semaine d'enthousiasme fou, c'est cher la journée. Et d'enthousiasme, encore, c'est surtout ce que le souvenir nous en laisse. Les moments de doute ont été chers, aussi. Et puis ensuite, le noir. Le pouvoir a ce génie des retours de bâton ; à l'époque, il pouvait se permettre de ne même pas nous laisser rêver.

Robert Belling : Marcher sur Londres, mouais. Moi, j'avais rien demandé, encore une fois. Toutes ces violences, ça me dit trop rien. Je suis un type honnête, je respecte l'autorité, moi. J'ai pas fait tout ça pour finir sur le bûcher, parce que vous y trompez pas, ça va mal finir. Bon enfin, si c'est pour abolir le servage, moi je veux bien, ça réglerait mon problème. J'y crois pas des masses, mais ce Tyler a l'air de s'y connaître un peu, en tout cas il ne m'a pas affecté en première ligne, c'est l'essentiel. De toute façon, je resterai pas trop devant, au cas où je suis pas trop loin de chez moi si ça tourne mal.

Matthew : Marcher sur Londres, au nez et à la barbe de mes vieux, quelle bande de nazes, restés protéger la ferme – tu parles ! Des lâches, voient pas plus loin que le bout de leur nez. Et la cousine Johanna ! S'ils la voyaient, comme elle parle avec tout le monde et qu'elle circule les cheveux au vent, ils diraient « c'est pas possible, cette indécence, pas de ça dans la famille ! Quelle honte ! »On dirait pas qu'on a les mêmes ancêtres, Johanna tout le monde dit qu'elle est casse-couilles, moi je dis qu'elle est marrante. Et puis elle est belle. Elle m'a expliqué des trucs tout à l'heure, qu'elle a discutés avec Jakke Carter, et entendus de John Ball, ça a beau être une bonne femme, elle a du cran, elle sait s'introduire là où il faut. S'introduire, haha, enfin c'est plutôt Jakke qui s'introduit à ce qu'on dirait. Bon, ça doit pas être drôle pour William en ce moment, pauvre vieux ! Mais au moins c'est un brave type, c'est quand même lui qui a convaincu mes parents de me laisser venir. Enfin moi, je voudrais pas une femme comme elle quand même, c'est trop de tracas. En tout cas, j'espère qu'on va se battre, je suis prêt, moi, c'est pas comme mes vieux cons de parents qui veulent me garder à la ferme pour bosser sous prétexte qu'ils ont peur que je clamse à la guerre comme le frère de Johanna. Sous prétexte que l'Angleterre perd toutes les batailles. Mais je saurai en découdre, moi ! On va casser du noble, on va casser du félon !

Marcher sur Londres : depuis Canterbury, ils ont environ quatre-vingts kilomètres à parcourir, soit environ dix-sept heures de marche selon Google Maps, qui ne tient pas compte de la solidité des souliers ni des ampoules, mais on peut supposer qu'une solide troupe de paysans lève-tôt et habitués à abattre de l'ouvrage marche à un bon rythme, nourris, on le suppose, sur le chemin, par leurs confrères sympathisants, a pu couvrir facilement cette distance en moins de deux jours. Dix-sept heures pour garder la foi, pour s'animer mutuellement à coups de prêches de John Ball remontés ou redescendus par le bouche-à-oreille du haut en bas de la file, car c'est un temps où les hommes savent encore faire confiance à leur mémoire.

Jakke Carter et Wat Tyler sont en contact constant avec les hommes du Suffolk et du Norfolk, avec ceux de l'Essex et leurs chefs, Thomas Farringdon, Henry Baber, Adam Mitchell. Ils ont décidé de faire jonction à Londres le 12 juin au soir : les hommes de l'Essex arriveront à l'est, à Miles End, les hommes du Kent à Blackheath, au sud-est, non loin de la porte de Southwark. Du reste, la fenêtre est d'autant plus béante que les armées des grands seigneurs sont occupées au nord et que le maire de Londres, Sir Thomas Walworth, n'a pas de force de police à sa disposition. Certains hommes ont déjà fait (discrètement) le trajet jusqu'à la capitale et ont rapporté que le petit peuple est prêt à se joindre à eux.

Point de départ : Canterbury, Royaume-Uni

Point d'arrivée : Blackheath, Londres, Royaume-Uni

16 h 58 min (81,4 km)

via A2

Dénivelé positif 611 m, dénivelé négatif 597 m

Attention : Cet itinéraire peut comporter des erreurs ou des parties non accessibles à pied.

Alors c'est pas compliqué, quand t'es dos à la cathédrale tu prends la première sortie à droite au rond-point sur Rheims Way, ensuite c'est direction l'A2, il suffit de tourner à droite à la station essence. Tu continues vers Londres, c'est toujours indiqué, tu t'emmerdes pas, c'est l'autoroute. Au bout d'une quarantaine de kilomètres, il faut bifurquer sur l'A226 vers Gravesend, c'est l'itinéraire le plus pratique quand on arrive par le sud-est, et là tu suis bien les panneaux, ça dépend comment tu veux rentrer dans Londres, faut pas se tromper de rond-point. Fais gaffe à tes horaires, aux heures de pointe c'est complètement bouché, tu feras pas cinq kilomètres en trois heures.

Sur la route de Londres, entre Gravesend et Swanscombe.

C'est là, à l'arrière d'un méandre de la Tamise, à une quinzaine de miles de Londres (à ce qu'on lui avait dit, parce que Johanna avait autre chose à foutre que de développer son sens de l'orientation), qu'ils croisent ce chariot bâché accompagné de deux ou trois sergents en armes. L'équipage se jette littéralement sur les paysans en route, débouche d'un petit chemin de traverse – étrange, se dira Johanna, étrange comme elle a pris son temps en revenant de Canterbury, alors que nous aussi nous y étions passés et elle était déjà repartie, lentement, au pas des bœufs et sans doute de l'hospitalité luxueuse de seigneurs locaux, après tout la vieille est duchesse du Kent, elle est sur ses terres, étrange de parler de « ses » terres, qu'est-ce que cette femme sait de la terre ? Est-elle déjà passée derrière une herse pour semer, les pieds enfoncés dans cette terre remuée fraîchement où l'on rencontre les vers de terre ? Étrange que nous ne puissions pas la dire nôtre, cette terre que nous travaillons, étrange comme le temps n'a plus la même valeur quand il a du sens. Ainsi ils l'ont dépassée puis, ignorante de la menace des paysans qui rôdent sur les routes (étrange comme un gueux devient vite une menace), elle les a rattrapés.

Elle ? Les sergents portent les armes de la Couronne, immanquables ; la femme dans le chariot, c'est Lady Joan de Kent, la mère du roi. Bon Dieu, comment s'adresser à une reine (même douairière) ? Les paysans se perdent en conciliabule. John Ball se refuse à parler avec cette reine scélérate, dit-il, Wat Tyler et Jakke Carter se récrient qu'ils vont l'effrayer (auraient-ils peur ?), bref tous se refilent la patate chaude. Ah mais c'est vrai, il y a Johanna, appelez Johanna, c'est une femme aussi, elle doit savoir ! Elle saura, de toute façon.

Étrange, se dit Johanna, comme on ne sert à rien *en général*, et comme on trouve toujours de quoi nous appeler *quand il y a besoin*. Elle se rappelle qu'un des hommes, en quittant Fobbing, a eu cette remarque : « Le village est vide, qui va faucher et tondre les moutons ? », mais, s'était dit Johanna, le village n'est *pas* vide, il reste toutes les femmes et les enfants, faucher peut-être que ce serait un peu compliqué, mais tondre, ça peut se faire. Johanna est sensible à la présence des *gens*, surtout quand les gens se préoccupent de se mêler de ses affaires – ce qui est, il faut le dire, la principale activité du tout-venant au Moyen Âge. Fou comme les gens ont besoin de s'occuper l'esprit ; Johanna ne s'ennuie jamais, elle s'invente des histoires, c'est ce qui lui permet d'échapper aux insupportables manifestations, inquiétudes, angoisses du quotidien. Demain, il faut aller filer la laine chez la vieille Elisabeth, est-ce que j'ai le matériel, où est-ce que je l'ai rangé encore ? Devenir veuve, si seulement je devenais veuve, je serais libre. Puis-je souhaiter la mort de William ? Non, c'est mal, mal, mal. William va-t-il encore vouloir me pénétrer ce soir ? Pitié non. Je voudrais ne plus jamais avoir à faire cela – mais avec Jakke, avec Jakke... Devenir une vraie femme, mère, c'est parce que je suis mauvaise que ça ne m'arrive pas ; ou parce que je ne sais pas prendre de plaisir avec mon mari ?

« Johanna ! »

Ah, oui. Quoi qu'on lui demande, déjà ? La vieille reine. Oui.

La femme est descendue du chariot, elle a l'air de flipper. Pourquoi, se demande Johanna, nous n'en voulons pas au Roi ! Elle a peur uniquement parce que nous avons l'air déterminé ? Elle n'a jamais vu ses sujets réclamer quoi que ce soit ? Le Roi est l'élu de Dieu pourtant, c'est ce qu'on apprend, pourquoi avoir peur alors ?

La femme est petite et maigre, avec des traits serrés, vifs, de petits yeux perçants comme ceux d'un oiseau, c'est ça, on dirait un faucon, le visage très ridé, nerveux. C'est étrange, elle a l'air... comme tout le monde ? Mais qu'est-ce que tu croyais Johanna, bien sûr qu'elle est comme tout le monde ; ah non, pardon, je pensais que les rois, c'était... différent. Qu'on verrait la lumière de Dieu sur leur visage, quelque chose comme ça.

Elle demande ce qu'on lui veut, qui sont ces gens qui ont le front de l'arrêter sur la route, elle s'énerve toute seule, elle parle avec un accent français (Dieu n'enlève-t-il pas les accents aux Rois ? Comme les apôtres, ne doivent-ils pas savoir toutes les langues ? Après tout, c'est semaine de Pentecôte). « Et alors quoi, que vont-ils faire, ils me menacent ? » Mais elle parle de qui ? Ah, de nous ! Elle ne peut pas nous parler directement ? « Madame, on ne veut pas de mal au Roi, en fait on va lui demander justice. » Madame ? Madame ? Elle s'offusque qu'on l'appelle Madame, comment tu veux qu'on t'appelle ? Tu ressembles à ma grand-mère, mais en revêche, et puis je vois que tu flippes, la vieille, tu n'es pas comme devrait être une reine ointe du Seigneur, tu n'es qu'une femme comme nous, alors c'est quoi ton problème, qu'on t'appelle Madame ? Le pouvoir des mots ne peut pas être bon s'il ne sert qu'à nous rendre plus bêtes, le pouvoir des mots n'appartient qu'à Dieu, pas aux prêtres, pas à ceux qui nous oppriment : Votre Altesse, *Dominus vobiscum Et cum spiritu tuo*, épouse, serf, rustaud, seigneur, mari, roi. Et s'ils le mettent sur papier pour nous figer dans l'oppression, encore bien pire. Légaliser l'arbitraire. Nous donner l'illusion que ce qu'ils font est normal et bon, parce que c'est dit, parce que c'est écrit. Mais nous apprendrons à lire, et nous écrirons l'histoire (et sur les murs les noms de ceux qu'on aime).

Johanna en a assez : « Écoutez, on va vous laisser partir, on n'en a rien à faire de vous. On n'est pas des sauvages, mais arrêtez de vous plaindre. Partez à Londres, annoncez à votre fils que nous arrivons. C'est tout. » Étonnement sur le visage de la femme. Elle doit être étonnée parce qu'il y a ses subordonnés directs dans la foule, les hommes du Kent. Si elle s'étonne c'est qu'elle doit savoir, elle doit sentir que ce n'est pas humain, tout ce qu'on subit. C'est la peur des puissants, ils savent qu'ils nous oppriment mais ne savent pas où s'arrêter, ils peuvent tomber sous les révoltes, ça peut arriver à chaque instant. Ils vivent sur notre dos, et dans la peur, et la honte, au fond. Quel monde.

À ce moment, Johanna a vu un truc étrange. Elle a vu une douleur dans le regard de la reine, tout à coup la reine a regardé la femme en face d'elle, elle regrettait quelque chose, un mari ? Un amour en tout cas. « Ouais, va-t'en la vieille, casse-toi ! À moins que t'aies besoin d'un bon gros vît ? Je peux te prêter le mien ! » Merde, les mecs, toujours la même chose en tête. Ils n'ont rien dit quand tu as fait signe à la femme de remonter en chariot, on ne va pas se faire la mère du Roi quand même, mais toujours, ils ne pensent qu'à ça. Les porcs. Un bras sur son épaule, par-derrière. Elle sursaute (est-ce que j'ai parlé à voix haute ? est-ce qu'on *voit* ce que je pense ? est-ce qu'ils vont se jeter sur moi, me passer dessus, parce que je suis une des seules femmes dans cette troupe ?). Jakke. « Tu as bien fait », murmure et sourire. Quand même, elle a eu peur.

Johanna s'est demandé, en regardant le cul du chariot s'éloigner, ce qu'avait dû subir cette femme pour être si pleine de colère, comment elle était devenue reine, ce qu'elles avaient en commun toutes les deux, d'être des femmes, objets – de désirs, de tractation, de violence. Elle s'est demandé pourquoi elles n'étaient pas plus nombreuses, pourquoi les femmes, plus encore que les serfs, les enfants et les paysans avec une paire de couilles, ne sont rien. Elle a une terrible envie de faire demi-tour, de rentrer chez elle (où ? elle ne sait pas), de se coucher sous une couverture de laine au chaud dans l'obscurité, de ne plus jamais penser, ne plus jamais faire, ne plus jamais voir le monde.

Faire partie d'un groupe, Johanna, tu savais que cela te serait difficile. Et quasi seule femme, par-dessus le marché. Il y a bien des femmes avec les rebelles, comme Katherine Waver, toujours partante pour détruire les symboles de l'ordre établi, et qui a poussé les hommes à défoncer les portes de la prison de Maidstone parce que, dit-elle, ça n'est pas la justice d'emprisonner des gens seulement parce qu'ils veulent être libres, la liberté appartient à tout le monde. Nous les femmes, nous sommes d'ailleurs libres aussi, la preuve, ces salauds de percepteurs d'impôts prétendaient faire payer aux femmes mariées la même taxe que leur époux ! Si je dois payer des impôts comme eux, je vois pas pour quelle raison je m'emmerderais en plus à leur obéir. Si je ne m'abuse, ça s'appelle se la faire mettre bien profond, et deux fois. J'aimerais bien tenir le connard qui a écrit « femmes, soyez soumises à vos maris », tiens, sans doute un frustré qui avait peur des femmes et il avait raison d'ailleurs, ha ! Tu y crois, toi, que le curé a rien trouvé de mieux à prêcher pour mon mariage avec mon idiot de mari ? De toute façon, y a pas grand-chose sur la question dans la Bible, ouais, mon idiot de mari n'a pas duré longtemps mais il savait lire, il m'avait appris deux-trois trucs, c'était un idiot mais il adorait ses filles, un brave idiot quoi. Faut qu'on se batte pour nos gosses, tu sais ! Ni les hommes ni les femmes ne devraient être opprimés, tu crois pas ? Et toi Johanna, pour qui tu te bats ? Pour moi Katherine, pour moi, et pour nous tous.

On s'en sort par une pirouette, de n'être pas une Mère, mais on voit bien qu'une femme dans la rébellion ce n'est pas bien normal, que c'est être quelque chose entre une virago (Katherine, il faut le dire, en a le physique communément imaginé, rondeurs généreuses et bras puissants, et elle garde son voile, car elle est une veuve respectable) et une pute. Il y a d'ailleurs quelques putes dans le tas. Une pute, entend-elle presque chuchoter dans son dos les hommes quand elle prend le bras de Jakke, quand William, régulièrement, tente de lui parler avec des larmes dans la voix, et qu'elle l'envoie balader avec impatience. Pas maintenant, William ! Et bon Dieu, elle aimerait leur faire ravaler leurs minables blagues grivoises.

C'est ainsi, c'est une emmerdeuse. Le groupe, la communauté, la famille, c'est tout ce qui organise alors la vie et l'identité des êtres. Une société tant portée sur le commun ne saisit pas bien le besoin de solitude. Johanna est une femme bizarre. Parfois, régulièrement, elle n'en peut plus, de ces liens qui l'enserrent, de ces gens qui l'entourent, il lui faut s'enfuir vite, loin, ou agonir de haine ceux qui sont là ; et pourtant ce sont ses compagnons, ils sont avec elle, ils veulent aussi chercher la justice, ils sont ses compagnons de lutte, ils chantent comment ils vont faire rendre gorge aux puissants. Mais Dieu, mais Dieu, à quel point elle ne les supporte plus.

Ce soir, tu dois sortir du cercle, t'éloigner du feu autour duquel tous se pressent, te calmer un instant. Régulièrement, il t'arrive d'avoir des accès de rage contre tout le monde, de vouloir tous les réduire à néant absolument, même quand tu les aimes, parce qu'ils ne te laissent jamais tranquille avec leurs petites pattes suppliantes qui s'accrochent sans cesse à ta jupe, et Johanna ceci et Johanna cela. Lui qui veut ton amour avec ses grands yeux de vieux chien battu, ton mari, l'autre, John, qui voulait ton cul à toute force, les femmes du village qui veulent que tu animes les veillées, ton cousin Matthew qui veut te raconter ses rêves d'armée, qui vient te chercher jusque dans les marais, où tu peux être tranquille enfin, attendre parmi les roseaux phragmites, parmi les morelles, parmi les orties, les liserons, les épilobes hirsutes, la consoude, les asters, attendre que se calment tes grands battements de cœur de rage.

C'est la rage, la rage pure qui monte en toi. Pourquoi ? Tu ne le sais pas, quelle culpabilité, ce sont tes amis, ta famille, ton amant (peut-être) et tu voudrais tous les... La rage pure. Tu fermes les yeux et tu entends un bruit de vaisselle cassée, des brisures de vies entières, la rage pure. Si on te donnait un couteau, poignarderais-tu Jakke, William, tous ces autres grossiers qui brisent la pureté du silence et de la nuit par leurs rires ? C'est sans doute ta punition pour cela, le fait que tu n'as pas eu d'enfants ; tu n'aurais pas su t'en occuper, tu leur aurais fait du mal. Et pourtant tu penses à eux si souvent, tu les aurais bien aimés quand même, ces enfants qui ne sont pas nés.

Voir la nuit noire, loin de leurs feux, de leurs voix grossières et de leurs chants guerriers et vengeurs. Pitié, qu'on m'en tire, laissez-moi m'enfuir, je ne peux plus, je ne veux plus ni les voir ni les entendre ni les sentir, je veux me réfugier loin au fond de la terre dans une couverture qui m'enveloppe et me berce comme dans le sein de ma mère, je veux hurler sans qu'on m'entende, pleurer tout mon saoul et dormir, dormir avec mes petits enfants, mes doux enfants qui ne sont pas nés et qui vivent avec moi dans mes rêves. Cessez de rire voyons, taisez-vous, éteignez les torches, TAISEZ-VOUS ! Laissez-moi, la révolution ce sera pour demain, je n'ai pas la force, plus la force non, qu'est-ce qui vous a fait croire que j'étais forte, ou peut-être rien, voyez, si je m'en allais vous continueriez la route sans moi, on n'a besoin de personne, quelle différence vais-je faire, puis-je faire, je sais, c'est moi qui ai demandé à partir, mais je ne me souviens plus pourquoi, c'était la même force qui me poussait quand j'ai demandé justice au Roi pour John mais je ne t'ai rien demandé, Justice, pourquoi est-ce moi que tu choisis, pourquoi est-ce à moi que tu parles, au fond de mon for intérieur, comme une irrésistible force dont je ne suis pas dissociable ?

Toi le roi, voilà ce que tu devrais savoir, voilà ce que nous devrions te dire : tu n'es pas indispensable, tu n'es rien sans ta fonction, tu n'es rien sans nous. Ta justice ne vaut rien si elle n'est pas la même pour tous car, qui que nous soyons, nous sommes tous les enfants de Dieu. Nous sommes tous pécheurs, et toi le premier. Nous ne devrons notre salut qu'à la grâce, nous ne serons sauvés que par Jésus-Christ. William me l'a lu dans la Bible, John Ball l'explique à tous ceux qui veulent l'entendre.

Roi, tu es sorti d'une femme comme les autres : je l'ai vue, elle est sèche et triste, et je ne vois pas en elle le pouvoir des Prophètes, ni du Christ ; et chez le curé non plus, je n'ai jamais vu ça : plutôt comment ses gros sourcils et ses poils de nez se faisaient la malle ; d'ailleurs, la Vierge Marie était, je le crois, une femme simple, Jésus n'était pas un roi comme eux, comme ces gens puissants, et d'où leur vient leur pouvoir ? De Dieu, peut-être ? Voilà qui m'étonnerait. Le roi n'est qu'un homme comme nous, cela ne lui donne pas plus, ni moins de droits : *que son cœur ne s'élève point au-dessus de ses frères, et qu'il ne se détourne de ces commandements ni à droite ni à gauche.* Le sait-il lui-même ? Voilà, je crois, ce qui est juste et vrai. Mais les autres le savent-ils ? Combien sont-ils, qui comme William savent lire, et lisent la Bible ? Et la lisent à leur femme ! Faut-il que je l'aie supplié, il n'a jamais voulu m'apprendre. Mais me lire, oui. Pourquoi ne veut-on pas que nous sachions ? Certes, les livres sont chers, mais on pourrait imaginer, je ne sais pas, moi, une personne qui lise pendant que les autres travaillent.

Il paraît que c'est ce qu'ils font chez les moines ; encore des qui se la racontent, ceux-là ! Quand on pense que les pauvres qui ne savent pas lire doivent rester convers toute leur vie : ce sont eux, les moines cantonnés aux tâches manuelles, qui font vivre les abbayes. Mais eux non plus ne se plaignent pas de leur sort. Pourquoi, tous autant qu'ils sont, ne se plaignent-ils que de l'impôt ? N'y a-t-il vraiment que l'argent qui les intéresse ? Je sais bien que nous en manquons plus que d'autres, mais je préfère les hommes du Kent, qui sont partis pour délivrer une victime de l'injustice. Cela, c'est une vraie étincelle de révolte. Même s'il a l'air bien con, le gars. D'ailleurs, je ne l'ai plus trop vu depuis qu'on l'a délivré, m'étonnerait pas qu'il se soit taillé en douce, il doit marcher au moins bien en arrière, il arrêtait pas de beugler qu'il était un honnête homme et qu'il le prouverait devant le roi, et qu'il n'avait pas besoin de nous. Tu parles ! C'est ainsi, pas parce qu'on est une victime qu'on est quelqu'un de bien.

Tiens, tous tant qu'ils sont, victimes de l'injustice du roi, comment est-ce qu'ils traitent leur femme ? Combien les battent, les méprisent, font passer sur elles leurs frustrations ? Combien les violent régulièrement, juste parce que c'est leur femme ? Pourquoi sont-elles si peu parmi les troupes de rebelles ? Ne devraient-elles pas, elles aussi, réclamer l'égalité, ne seront-elles pas également sauvées ?

Johanna sait reconnaître quand monte sa rage, et dix jours sans être seule, c'est forcé, la rage monte ; elle se tait alors, elle qui parle si volontiers, Jakke lui a demandé plusieurs fois si elle est fatiguée ; bonne idée se dit-elle, soyons fatiguée, elle a feint de s'endormir sur son épaule. Doucement, Jakke l'a soulevée et l'a étendue sur une couverture qu'ils ont trouvée spécialement pour elle, puisqu'elle est une femme et par définition délicate, pour qu'elle ne dorme pas directement sur le sol bien que cela ne la dérange guère, dit-elle, à l'écart.

D'abord, elle n'a pas osé s'éloigner de peur que ça se voie. Depuis la demande de procès devant la justice du roi, demande avortée, depuis ses fausses couches, Johanna s'est rendu compte qu'il est très coûteux d'être en vue. C'est alors qu'on se fait traiter d'emmerdeuse, de casse-burnes, de pute.

Elle a attendu longtemps que les voix s'éteignent avec les feux, et puis elle s'est levée doucement, elle est partie marcher seule sous les étoiles – seule enfin, entre les groupes de paysans endormis. Tout à coup, un veilleur lui demande : *Qui va là ?* Johanna Ferrour, de Fobbing, dit-elle, j'ai besoin de regarder les étoiles. Oui, va, Johanna de Fobbing, va regarder le ciel immobile avant la tempête, répond-il. Les nuits de veille des rébellions, on a bien le droit de regarder les étoiles. La beauté est à tout le monde, ce n'est pas parce qu'ils se gobergent d'or dans leurs palais que nous ne pouvons pas accéder à la beauté du monde, que nous devons les laisser décider de ce qui est beau.

Johanna regarde le ciel clair – les nuits de veille de rébellion le ciel est clair, toujours. Elle regarde le tapis d'étoiles qui est si loin, les trouées bleu nuit dans le ciel bleu nuit qui semblent des traînées laiteuses ; certains disent que ce sont des objets, des charrues, des arcs et des flèches, toutes sortes d'autres objets du quotidien. Johanna croit que ce sont des points d'éternité, des choses – mais non pas choses réelles, vernaculaires, tangibles, non, des choses indicibles, les choses que l'on espère, que l'on rêve, des choses que chacun voit. Les étoiles sont les réceptacles de ses errances. Johanna connaît si bien les étoiles, elle les a regardées des heures et des heures la nuit, alors qu'elle sortait à l'abri des regards par les champs et les marais, et pourtant elle est incapable de les distinguer les unes des autres ou de les placer sur une carte, quelle importance ? Johanna connaît les étoiles parce qu'elle s'y perd, non parce qu'elle les trouve. Parce qu'elles sont immenses et incompréhensibles.

C'est là que la trouve Jakke. « Ça va ? Je t'ai cherchée partout ! Il faut faire attention on n'est peut-être pas en sécurité, il doit y avoir des espions partout. » Les hommes et leurs préoccupations d'hommes. « Je suis venue regarder les étoiles. » Johanna a renoncé depuis longtemps à tenter d'expliquer aux autres ce qu'elle ressent, même si elle se dit peut-être, tout au fond d'elle, qu'elle pourrait un jour futur – quand ? elle ne sait pas car ils sont profondément enfoncés dans le présent – parler à Jakke, parler vraiment, lui dire sa vérité même s'il ne peut pas la comprendre. Parler de ses sentiments n'est pas exactement un sport médiéval.

« Ah ? C'est drôle ! (*ah cette voix si douce et terriblement bienveillante, même quand elle dit les banalités les plus crasses*)

– Dans la Bible, sais-tu, les étoiles inombrables symbolisent la nombreuse descendance d'Abraham, peut-être que le ciel de ce soir nous représente, nous les gueux, et nos descendants, quand nous hériterons la terre ?

– Peut-être. Johanna, veux-tu bien que je t'embrasse ? »

Nous y voilà ; mais, enfin, il lui demande. C'est déjà ça.

« Pourquoi me demandes-tu ? J'ai entendu les hommes ricaner depuis que je vous parle à tous librement, je suis une pute, non ?

– Johanna... tu es si fière et si belle, avec tes cheveux au vent, comme une vierge pure.

– Mais je ne suis ni vierge ni pure, Jakke, je suis mariée, tu connais William.

– Et en fait... moi aussi Johanna. Mais quelle importance, ce que nous faisons ici et maintenant n'est pas le cours de la vie, nous pouvons agir comme nous le voulons. » (Ici, Jakke lui joue l'air de pipeau que les hommes qui ont envie de se taper une nana savent jouer depuis des millénaires ; car s'il est bien un truc inné, c'est le pipeau.)

Première nouvelle, Jakke est marié. Johanna étant polie et vivant au Moyen Âge (époque où 90 % de la population est maquée ou veuve – le reste c'est les curés et les moines), elle n'est pas totalement surprise et ne fait pas une scène monstrueuse à Jakke à ce sujet. Elle se fait néanmoins la remarque par devers elle qu'en cinq jours, le mec aurait clairement eu le temps d'évoquer le sujet de sa régulière, mais que bizarrement la chose ne s'était pas présenté.

Étrange cette capacité avancée de certains (nombreux) hommes à pratiquer le mensonge par omission jusqu'à ce que le poisson soit ferré ; une fois le pot aux roses éventé, les arguments sont nombreux : « on est séparés », « on ne baise plus », « ma belle-mère a un caniche ».

Rappelons qu'il serait de bon ton d'éviter de faire le Jésuite en la matière ; et sachez une fois pour toutes que, dans de nombreux pays, l'alliance se porte à la main droite. Pour être tout à fait précise, Jakke n'en porte pas – sans doute l'avait-il perdue dans des circonstances tragiques qu'il ne jugea pas bon d'élucider alors.

De toute façon, Johanna est fatiguée d'argumenter ; et puis, se souvient-elle, Jakke, ce n'est même pas son vrai nom, elle ne sait rien de lui sauf qu'il a combattu en France, et après tout quelle importance ? Même si elle sait (ô terrible sanction) que ce qu'ils s'apprêtent à faire est un péché mortel – ou pas, que font-ils de mal hors de ce sacrement dévoyé par les prêtres corrompus, par le *pledge* qui l'y a condamné ? Peu de choses ont d'importance hors la Justice maintenant, et savoir de quel bois on est faite. C'est tout de même étonnant, se dit-elle alors que progressivement Jakke opère sur son corps, c'est tout de même étonnant de ressentir ces choses qu'elle avait éprouvées avec John il y a si longtemps, au début, quand il avait encore envie (ou besoin ?) de la séduire, ces choses qui font se tendre le corps à la recherche de la main, du doigt, de la langue, ces choses qui ne sont pas le grossier va-et-vient d'un bâton sans âme à l'intérieur de vous ; et, dans ces moments-là, ce qui est étonnant, c'est de voir leur visage crispé et tendu dans l'effort, comme si rien d'autre ne comptait, comme si vous, surtout, vous n'existiez plus et n'étiez plus qu'un exutoire chaud, étroit et humide, un tube donc, un tube à se vider les couilles, et puis tout à coup ils jouissent et explosent, ils sont ailleurs mais ils sont, d'abord et surtout, dans leur bite. Et Jakke la caresse, et comme elle ne sait plus bien elle a peur elle sent le chien chaud après une semaine de marche elle fait quelques gestes épars de déni et Jakke lui dit « tu es belle » et puis, progressivement, elle rentre en elle-même et sort d'elle-même. Ressemble-t-elle à un homme lorsqu'il ahane, convulse, va et vient ? se demande-t-elle, et puis elle ne se demande plus rien, elle regarde les étoiles et cherche les constellations et puis elle ne les voit plus vraiment, Jakke continue à la toucher là, juste là, elle dit « oui », elle dit « là », et ce n'est finalement pas si compliqué. Elle a enfin oublié qui elle est. C'est si lointain.

Après, c'est beaucoup plus simple de laisser Jakke la pénétrer, elle est heureuse même, il a l'air si bête et en même temps il a été si généreux. Il a des cheveux courts et soyeux, bien que rares. Il sursaute à chaque fois qu'elle les caresse de peur qu'elle en fasse tomber quelques-uns ; il est au désespoir, lui a-t-il dit tout à l'heure, car il a dû partir marcher sur Londres sans sa potion anti-chute de cheveux, une mixture composée de poudre de cantharide, d'huile de ricin, de feuilles de laurier et de clous de girofle qu'il achète à prix d'or dans une échoppe du port de Londres et qui, dit-il, lui irrite bien un peu le cuir chevelu, mais c'est le top : à ce qui paraît, l'extrait de cantharide, ou mouche d'Espagne, est aussi le *nec plus ultra* en matière aphrodisiaque, c'est dire. Elle caresse aussi son ventre doux, qu'il n'aime pas non plus, dit-il, car ça ne fait pas très soldat, pas très viril, mais plutôt buveur de bière. Pas du tout, dit Johanna, c'est très mignon – ah, pense-t-elle, les hommes sont de fragiles petites choses, John qui se trouvait trop maigre, William qui n'aime pas vieillir, et elle les regarde de loin, de si loin, de haut comme un petit nuage effiloché dans un ciel de nuit sombre, entourée des filaments de ses enfants mort-nés ; il est bien possible que l'âme ne se transforme qu'au troisième mois, mais les enfants de Johanna, ses enfants non nés, sont avec elle toujours.

Amor, c'est l'extrême solitude et, à la fois, une union absolue, ou bien plutôt une union grande et petite, c'est voir les petites choses en l'autre et les chérir, et en chérir d'autant plus son corps. Elle ne regrettera pas, même si elle est, officiellement, ce qu'on appelle une pute – officiellement ce n'est pas dire grand-chose, car sans doute personne ne les a vus, mais elle sait bien, elle, qu'elle est une pute. Tant pis. Qu'il en soit ainsi.

Tu aimerais rêver de Jakke, rêver avec Jakke, que faites-vous de mal sinon vous aimer comme Adam et Ève au début des jours, avant que les rangs et les richesses distinguent les humains, comme aime à le dire John Ball ? Ou bien, vous aimez-vous ? L'amour devrait-il être, dans une société idéale, une alliance entre deux êtres égaux ? N'es-tu pas une distraction de bord de chemin pour lui ? Ah, ne pas aimer ! Ne pas souffrir ! Ne pas céder à la mélancolie.

Allons, se dit Johanna, allons ! Jakke s'est endormi sous les étoiles, mais elle a encore tant d'énergie.

Allons vers le monde, cette petite fois encore, on ne marche pas sur Londres souvent. Alors elle regagne les grands feux de camp autour desquels on chante et on discute, alors elle écoute et, parfois, intervient. Pas en son propre nom, bien sûr, elle n'a pas encore envoyé paître tous les codes sociaux – et quel bien cela lui ferait-il, c'est pas comme si elles étaient dix mille femmes en colère non plus – alors elle vient relayer la parole des hommes, ce que lui ont expliqué John Ball, Wat Tyler et Jakke, elle renforce les convictions vacillantes, démontre qu'ils sont dans leur juste droit, cite la Bible tant qu'elle s'en souvient, promet un grand prêche de Ball car sans doute (dit-elle humblement quand on lui fait remarquer qu'elle n'est qu'une femme, car on le lui fait remarquer) elle sait moins bien. Des types tentent de la tripoter, parce que « c'est pas avec de si jolis tétons qu'on va aller faire ses doléances au roi, quand même ? », elle leur met deux-trois claques et un autre type leur dit « vous êtes fous, c'est la blonde à Jakke ! » Incroyable, on ne se sort jamais d'une situation sans un homme, se dit-elle en retrouvant, elle ne sait trop comment, William, et en se couchant contre lui comme elle le fait depuis dix ans, puis, juste avant de s'endormir, en s'en détournant comme elle le fait depuis dix ans. Les habitudes meurent difficultueusement.

Les derniers miles ont un air irréel, dans un air pur et frais, tandis que les maisons se font plus denses et plus nombreuses, et surtout les bateaux sur la Tamise dans un va-et-vient constant. L'ivresse monte à la tête des paysans : on a reçu un message du Roi porté par Thomas Brinton, évêque de Rochester, demandant ce que voulaient les rebelles et tentant de les faire rebrousser chemin. Aha ! s'esclaffèrent certains, il avait pas encore dû voir sa mère quand il a rédigé le message ! Comment ? demande l'évêque qui a blêmi. Rien, ne vous inquiétez pas, votre zéminence, vous la verrez bien quand vous aurez regagné la sécurité de vos murailles de lâches, on vous touchera pas non plus, vous, mais c'est pas forcément parce que vous êtes un homme de Dieu, car ça, qu'est-ce qu'on en sait vu que vous avez plutôt l'air d'un de ces salauds de conseillers du Roi qui affament le peuple, non, on sait les règles, vous êtes un messager, on touchera pas un cheveu de votre mitre bien dorée – Des bêtes sauvages ! rapportera l'évêque à Richard et à ses conseillers, et ils puent ! Pour qui se prennent-ils ? – Pour des pourceaux en position de force, répondra le roi. On a aimablement répondu à l'évêque de rapporter au Roi qu'ils veulent parler au Roi en personne, qu'ils ne rebrousseront certainement pas chemin quand ils voient que le Roi est si mal conseillé et que ce qu'ils demandent, justement, c'est que le Roi révoque ses conseillers félons (ces tocards).

« Et la liberté, la liberté pour tous ! s'écrie Johanna.

– Yo la frangine, ta gueule avec ta voix de crécelle, de quel droit tu parles en notre nom ! Les femmes, avec leurs criailleries ! C'est pas possible !

– N'écoutez pas ce qu'elle dit, l'évêque, elle braille comme une poule. »

L'évêque lève un sourcil dédaigneux : « Il y a aussi des femmes parmi vous ? Hahaha » (faute de meilleure onomatopée, « hahaha » caractérise un petit rire faux, non pas un éclat de rire réel). Et pourtant, murmure Johanna, pourtant je ne fais que dire ce que tous demandent... Jakke la regarde d'un air indulgent et dit : « Mais oui, nous demandons l'abolition des servitudes également. Mais nous ne parlerons qu'au Roi en personne.

– Le Roi est à la tour de Londres (*Ça tombe bien, c'est là qu'on va !*) où il s'est réfugié de peur de vos violences, je lui passerai votre message, mais ce que vous faites est très grave, vous outragez sa personne sacrée. »

L'évêque parti, Wat Tyler prend Jakke à part et lui demande de tenir sa gonzesse, passe encore la gaudriole en campagne, qu'elle écoute ce que disent les hommes, très bien, mais la prise de parole au nom du groupe, ça fait désordre, et elle n'a rien à faire là. Excuse-la, elle est un peu impétueuse, répond Jakke – quelle bonté, il n'a pas utilisé le mot hystérique, notion la plus opportunément misogyne inventée pour disqualifier la parole et les actes féminins. Enfin, c'est ce que tout le monde pense autour de Johanna ; la malheureuse est certainement d'autant plus affectée qu'elle n'a pas eu d'enfants. Or, comme chacun sait, l'utérus d'une femme stérile est un utérus perturbé, un utérus vagabond, un utérus, en un mot, dangereux. Platon prétend même que la matrice ne serait qu'un animal ayant pour tout désir d'engendrer des enfants : « *Lorsqu'elle reste longtemps stérile après l'époque de la puberté, elle a peine à se supporter, elle s'indigne, elle parcourt tout le corps, obstruant les issues de l'air, arrêtant la respiration, jetant le corps dans des dangers extrêmes, et occasionnant diverses maladies.* » On l'imagine méprisant, clabaudant sur l'infériorité des femelles inférieures, tout comme les esclaves d'ailleurs, entouré de son groupe d'élèves tous bourgeois, tous mâles, tous contents d'eux. Un bon rire gras, une bonne conversation misogyne, et il n'y a plus de rébellion qui tienne, le pénis l'emporte.

Blême de rage, Johanna retient le torrent d'insultes qu'elle déverse en son for intérieur (corniauds, fumiers, salauds, sagouins, rosses, incapables, minables, jaloux, pauvres types, porcs, scélérats, boucs, charognes, etc., etc., bande de phallocrates) – même s'il est hélas peu probable que Johanna ait connu le vocable de « phallocrate », nous supposons qu'elle a dû en formuler le sens. Car il ne s'agit pas de se mettre à dos le chef vénéré de l'insurrection, qu'il en prenne prétexte pour l'envoyer ailleurs faire la messagère ou je ne sais quoi. En outre, éclabousser d'injures quiconque et en particulier un membre de la gent masculine, c'est s'exposer à l'accusation de possession, voire de sorcellerie ; et elle a autre chose à faire que d'être exorcisée par un des chapelains qui traînent dans la bande, qui en profitent souvent, à ce qu'on dit, pour avoir la main fortement baladeuse. À Fobbing, le gras curé qui se conduit en queutard tyrannique l'en a d'ailleurs menacée plusieurs fois après qu'elle a refusé ses avances ; il convainc les femmes du village que baiser sur l'autel de la Vierge n'est pas mal puisque le lieu est trois fois saint.

Merci bien qu'elle s'est déjà retrouvée à surveiller le feu sur la marmite tous les soirs au prétexte que les femmes ont l'habitude de faire la bouffe : cantinières ou infirmières, on n'en sort pas, et pourtant elle croit bien se souvenir avoir entendu parler de guerrières juives dans la Bible, il faudra qu'elle demande à un des prêtres de la troupe à l'occasion, pas à John Ball, c'est sûr, il n'aime pas trop les « nénettes » comme il dit. « Tu boudes ? » lui demande Jakke. Ah mais oui, bien sûr, parce que quand tu as appris à fermer ta gueule toute ta vie et que tu risques une accusation de sorcellerie rien que parce que tu dis tout haut ce que tu penses tout bas, c'est juste que tu es une caractérielle qui fait la gueule. Pour cette fois, au lieu de hurler « OUAIS CONNARD ET LA PROCHAINE FOIS QUE TU DEMANDES JE TE BOUFFE LE NEZ DIRECT IL VA PAS RESTER GRAND-CHOSE DE TOI ET DE TA PETITE QUEUE ! », Johanna a décidé de la jouer diplomatique, et répond d'un air concentré : « Non, je médite comme Marie-Madeleine, je pense au Christ. » Il faut tout avaler sans quoi ils l'éjecteront comme un corps étranger. Leur consentement à une présence féminine ne se conçoit que selon les prototypes féminins non menaçants qu'ils tolèrent : la putain écervelée ou la mère courage (de préférence veuve). Une femme honnête, mariée et tout (TOUT est dans le *et tout*) n'a rien à faire dans un soulèvement, une revendication politique, une opération sérieuse en somme. Johanna en prend son parti : ils ne changeront pas d'un iota, mais tant qu'à faire, autant leur rappeler que Jésus avait dans son premier cercle une vulgaire pute qui leur en foutra plein la face le jour du Dernier Jugement.

Tandis que déroule cette saynète domestique en tête de la compagnie, certains courageux soldats de la Liberté à l'arrière-garde font grise mine : c'est qu'un évêque, après la mère du Roi, c'est pas du menu fretin, ils ont des hommes en armes... mais enfin, leurs camarades du jour leur racontent leurs exploits à Canterbury : de toute façon, on a déjà mis l'archevêque sacrément vénère à n'en pas douter, alors tu sais, la pourpre, on se l'est déjà mise à dos, mais on n'a pas peur. Ils ont des hommes en armes mais d'abord, nous aussi, on a des serpes, des haches et des arcs, on a des chefs qui ont combattu comme hommes de troupe, et puis on n'en viendra pas à un affrontement rangé, puisque le Roi verra bien qu'on a raison une fois qu'on aura réussi à le rencontrer. Quant à la garde de Londres, t'inquiète pas trop, ce sont de pauvres gens comme nous, qui sont payés pour casser du Français, pas leurs semblables – tu parles, mon beau-frère travaille à la tour de Londres ! De braves gars comme nous autres !

Et devisant ainsi de soldatesque, de matrice, de bouderie, de Dieu et des évêques, la troupe rejoint les avant-postes de Londres et le dernier méandre avant la cité, un sacré gros méandre bien humide sur le versant concave duquel s'élève la modeste colline de Blackheath, haute d'une quarantaine de mètres à peine, à main droite de la route, sur laquelle on établit campement ainsi qu'une estrade grossière sur laquelle hisser John Ball qui s'apprête à diffuser la Parole. *Black Heath*, la lande noire, la dernière halte avant la capitale, où commencent à pulluler les résidences royales, les tours de guet, les hameaux de pêcheurs et mouillages de bateaux de commerce entrecoupés de *marshes*, de maremmes où siffle l'appel de l'eau qui murmure le refrain des armées qui se sont succédé ici : le camp des Vikings au temps d'Æthelred le Mal Conseillé, les Danois rendus furieux par des atteintes à leur suprématie ayant envahi l'Angleterre, mouillé leur flotte entre Blackheath and Isle of Dogs, et s'étant établis sur la colline sous la houlette du roi Sven à la Barbe Fourchue. C'est de là qu'ils avaient commis leurs raids sur le Kent, pris la ville de Canterbury en 1012 et lapidé son archevêque Alphege, car il refusait qu'on paie sa rançon. On dit que, lorsqu'un bâton trempé dans son sang se mit à fleurir, ils comprirent qu'ils avaient tenu là un saint ; saint Alphege est ainsi enterré dans l'église de la petite localité de Blackheath. C'est aussi par cette route de Douvres à Londres qu'est passé William le Conquérant en 1066. On dit aussi que sur la colline de Blackheath se tinrent dans l'Histoire plus de cent réunions et meetings. Peut-être même que, dès les paysans du Kent arrivés, les habitants de Blackeath sont venus installer de sommaires barbecues et y ont-ils fait griller des saucisses à destination des manifestants, *chouchous, saucisses, merguez !*

En bas de la pente se tient une abbaye, car il ne faut jamais manquer d'honorer Dieu, et le petit village de pêcheurs de Greenwich. De l'autre côté de la Tamise, face à la colline, s'étend un vaste marécage, Stepney Marsh (ô retrouver le silence du vent dans les roseaux, pense Johanna un instant), où accostent parfois quelques barques, que l'on voit peu car la Tamise est embouchée entre de changeants rideaux d'arbres ripisylves. Ce méandre humide s'est recoupé pour former une île, que l'on appelle aujourd'hui *Isle of Dogs*, l'île aux Chiens, peut-être un lointain écho d'un nom du Moyen Âge oublié, *Isle of Ducks*, l'île aux Canards, en souvenir du marais bruissant de leurs cancanements et des coassements des grenouilles. Sans doute les vifs garçons des faubourgs de Londres y posent-ils des collets pour se faire des magrets, ou pour vendre leur braconnage au marché ; mais les grenouilles, vous n'y pensez pas, il faut être un *crazy French* pour en manger !

Aujourd'hui, si vous vous teniez sur la colline de Blackheath, au milieu du parc de Greenwich, vous verriez en contrebas la colonnade blanche du musée maritime, ancien Palais de la Reine, premier grand bâtiment classique construit selon les principes de

Palladio au XVIIe siècle. Vous seriez devant l'Observatoire royal, construit également au XVIIe siècle par Charles II pour mesurer l'entièreté du monde en un temps où la grande affaire était d'en dominer la plus vaste surface possible. Vous seriez, très exactement, au méridien zéro de l'espace et du temps, celui qui divise le monde en Est et Ouest, et en fuseaux des heures. Vous seriez dans un endroit où l'on préserve le patrimoine d'une histoire urbaine riche et ancienne, vous seriez dans un ancien champ, puis dans l'ancien parc d'une villégiature royale, le palais des Tudor, puis dans une ancienne banlieue de Londres, puis dans un quartier huppé (quoiqu'à l'Est) de Londres elle-même.

Depuis la colline de Blackheath, vous verriez sur Isle of Dogs surgir une forêt de gratte-ciels, une dizaine de tours, certaines rondes, la plupart cubiques (HSBC, Citibank, Barclays), la plus haute coiffée d'un toit qui fait penser à un crayon, la tour appelée One Canada Square : ce qu'on appelle aujourd'hui une *skyline*, une ligne de ciel. Les villes ne sont rien sans elles, parce qu'une ligne de ciel faite de nuages et de nuances de bleu, ça ne produit pas de richesses. C'est Canary Wharf, le nouveau *Central Business District* de l'Est de Londres, venu suppléer l'ancien centre de la City où les avocats se sont adjugé des financiers pour les aider à diffuser le libéralisme anglais dans le monde entier. Le quartier d'affaires est un nouveau *must have*, et Londres est une *ville globale* de toute première qualité. Les quatre énormes cheminées de la Centrale électrique de Greenwich, celle qui fournit encore aujourd'hui l'énergie du métro, en avant de Canary Wharf et en contrebas de Blackheath, vous rappelleraient seules qu'ici se trouvait un des quartiers les plus vivants du monde lorsque l'Angleterre en était le centre, au XIXe siècle, et qu'à Isle of Dogs les dockers faisaient la loi et chargeaient et déchargeaient thé, épices, indiennes et charbon. Et puis les dockers ont coûté cher, les quartiers *donnant sur l'eau* et proches des centres ont plu aux jeunes cadres dynamiques, et Mme Thatcher a inventé les *quangos*, ces entreprises ni publiques ni privées, mi-publiques, mi-privées, et les *quangos*, pour la faire courte, ont érigé une forêt de pénis permettant à la finance de satisfaire son appétence pour les baies vitrées, les atriums démesurés à plantes vertes persistantes et les moquettes gris clair, tout en rationalisant les prix du foncier.

Car ainsi sont les villes qu'elles incorporent avec constance les espaces qui les bordent, qu'elles les soumettent à leurs besoins et les tordent, les essorent, les rasent, les reconstruisent sans toujours se souvenir à quels usages elles les ont soumis. C'est ainsi que Wat Tyler a sa rue sur la colline de Blackheath, bordée d'un côté par un champ et de l'autre par des villas victoriennes cossues. Tyler aurait adoré. Il a ainsi pu voir naître et prospérer le capitalisme libéral de sa naissance à son acmé – ou bien alors seulement ses débuts, peut-être est-il encore là pour des siècles, après tout il est jeune encore. Les révolutions étaient jeunes encore, quand les paysans du Kent et de l'Essex vinrent défier les murs de Londres. Les métropoles ont peut-être une âme, mais elles n'ont pas le temps pour les regrets.

Mais alors tout le monde croit encore au Ciel, et les tours de Babel ne sont pas plus hautes que les clochers des cathédrales. John Ball est monté sur sa petite estrade, au point culminant de la colline, il est entouré par les chefs temporels, Wat, Jakke et les autres forment le premier rang, comme autour du Christ ses disciples, et puis la foule s'organise en cercles concentriques bigarrés pressés autour. Johanna est accroupie juste en dessous de l'estrade pour pouvoir entendre sans trop se faire se remarquer. Les premières centaines d'auditeurs, à portée de voix de John Ball, ont le visage tourné vers l'estrade puis, au fur et à mesure de la distance, certains demandent « Qu'est-ce qu'il dit ? », alors certains se font relais de la parole du prêtre et résument ses phrases de loin en loin. Les plus agiles sont montés sur les quelques arbres alentour. La plupart sont silencieux, attentifs, d'autres discutent et argumentent dès qu'un point leur semble litigieux, un vendeur de petits pains ambulant circule, des « chut, chut ! » s'élèvent dès qu'il fait trop fort sa réclame, des mendiants demandent la charité au nom du Christ, et plus on s'éloigne vers le pied de la colline, plus les scènes de genre se multiplient : une belle fille au plongeant décolleté se fait entreprendre par deux fiers jeunes paysans, l'un des deux se caresse inconsciemment les muscles de la poitrine, un petit adolescent, curieux, a quitté son troupeau avec son chien de berger et vient s'enquérir de ce qui se passe, un groupe d'anciens soldats discute stratégie, la hache ou l'épée au côté, un cor de ralliement attaché dans leur dos, d'autres ramènent des chevaux qu'ils sont allés réquisitionner ou acheter pour les meneurs du mouvement au village de Blackheath, un vieux couple de pêcheurs de Greenwich s'est assis pour écouter, quelques malins apprentis de Londres sont venus échanger sur la tactique et le ralliement et attendent impatiemment la fin du prêche. Un sermon sur la montagne comme les autres, en somme : *À la vue de ces foules, Jésus monta sur la montagne. Il s'assit et ses disciples s'approchèrent de lui*. Ils arrivent.

Alors John Ball dit la messe et prêcha au peuple, avec ses grands gestes de tribun, ses fins de phrases vibrantes, et tous oublièrent ses cheveux jaunasses et ses dents gâtées (car il avait une faiblesse pour les choses sucrées). Ils se tenaient au soleil devant le cours majestueux de la Tamise, les oiseaux chantaient, et John Ball leur parlait de Justice, de Justice et de Liberté, et d'Égalité. John Ball leur parlait de Dieu.

« Mes amis, mes frères, vous les braves gens, je vais vous parler maintenant de la parole de Dieu telle qu'elle est en son Évangile, sa bonne nouvelle, son chant, sans ajout humain, sans y défendre mon intérêt, celui de l'Église ou celui des seigneurs. Car la vraie foi est celle que Jésus Lui-même nous a donnée par sa Parole et cette foi, mes amis, parle du monde, elle parle de tout le monde ; cette foi, mes amis, ignore les rangs et la naissance. Cette foi, braves gens, cette Parole, doit vous assurer que nous sommes tous libres. Le Christ, quand Il est mort sur la Croix, ne s'est pas sacrifié pour sauver quelques-uns seulement ; en mourant dans la souffrance, la solitude et sous les quolibets de la foule, en mourant une mort terrible et honteuse alors qu'Il était Dieu, Il a versé son précieux sang pour que tous soient sauvés. Il nous a tous, tous sans exception, rachetés et délivrés, des bergers aux gens importants. Il nous inclut tous dans Sa grâce : “C’est pour la liberté que le Christ nous a affranchis. Demeurez donc fermes, et ne vous laissez pas mettre de nouveau sous le joug de la servitude”, voilà ce que dit l’apôtre Paul. Ainsi, je le proclame, par l’Écriture vous êtes libres et vous avez raison d’exiger d’être libres. Nous venons tous d’un père et d’une mère, Adam et Ève : or donc, quand Adam traçait le premier sillon et qu’Ève tissait la première tunique, qui alors se proclamait noble ? Ainsi tous étaient libres dès le début de l’humanité, et tous les hommes ont été créés semblables, et notre servitude fut instaurée par l’oppression injuste d’hommes de mauvaise volonté. Car si Dieu avait voulu qu’il y ait des maîtres et des valets depuis l’origine, Il aurait attribué à d’aucuns le servage, à d’autres la liberté.

C’est pourquoi le servage est une injustice contre la Parole de Dieu, de même que les corvées toujours renforcées que vous imposent les seigneurs. De même quand le Seigneur a créé l’Homme il lui a donné pouvoir sur les bêtes des champs, le bétail, les oiseaux du ciel et les poissons : ainsi, les bois, les animaux et toutes les ressources de la terre appartiennent à la communauté et non pas au Seigneur qui n’a nulle droit de vous les faire payer. Chacun doit pouvoir manger à sa faim, cultiver sa terre pour un juste salaire et avoir accès aux biens communs que Dieu nous donne dans les airs, dans les champs et dans les eaux de ce monde.

Le temps est venu, mes amis, nous sommes les messagers de Dieu, le temps est venu où, si vous le voulez, vous allez briser les chaînes de la servitude et recouvrer votre liberté. Liberté !

– Liberté ! Liberté ! Liberté ! » crient-ils ensemble. Car, enfin, ce qu'ils se disaient dans le secret de leurs cœurs depuis des années, peut-être même des générations, ils pouvaient le réclamer à voix haute, et cela était juste et bon.

« De la même manière, reprend John Ball, que nous avons tous la même origine, et que c'est ainsi que nous devons tous être libres, de cette manière également nous sommes tous égaux, ainsi que le veut l'Évangile, car nous avons tous été rachetés sans distinction par la mort et le sang du Christ. *Car tous ont péché et sont privés de la gloire de Dieu ; et ils sont gratuitement justifiés par Sa grâce, par le moyen de la rédemption qui est en Jésus-Christ.* En vérité, nous sommes tous pécheurs, mais quel est le péché le plus grave ? N'est-ce pas le riche, celui qui exploite son prochain, ces grands seigneurs et ces prêtres qui se prétendent les Élus mais qui ne font que spolier les biens du plus grand nombre ? Ceux qui rendent la prétendue justice à coups de pots-de-vin et en favorisant leurs amis et leurs semblables ? Et si le Christ est venu ainsi racheter nos péchés, c'est pour nous rappeler que nous sommes tous des hommes comme Adam et Ève, puisque nous en descendons tous. Ainsi, tout doit être commun, et il est contraire à la loi du Seigneur qu'existent des vilains et des nobles ; au contraire, nous devons être tous unis, et les seigneurs ne doivent pas plus être maîtres que nous le sommes. Car quelle autre peine se sont-ils donnée que celle de naître ? Et vous, serfs, quel a été votre autre crime que de naître, rien de plus ? Au nom de quelle “justice” devons-nous travailler pour qu’ils dépensent, et gagner pour qu’ils économisent ? Ils s’habillent de velours, de chamelot fourré de petit-gris, alors que nous sommes nippés de pauvres étoffes ; ils ont leurs vins, épices et leur pain blanc, et nous nous cassons les dents sur du son et nous contentons d’eau ; ils vivent dans de vastes manoirs chauffés l’hiver, et nous n’avons que labeur et douleur dans le vent et la pluie des champs ; et c’est avec ce que produit notre travail qu’ils entretiennent leurs domaines : mais pour toute récompense, ils nous nomment leurs subordonnés, et si nous protestons nous sommes battus en guise de rétribution.

Et qui prend en pitié notre sort, qui se révolte face à l’injustice dont nous sommes victimes, à qui, si nous prenons notre sort en main, pouvons-nous demander justice ? Notre souverain ne nous entend pas et ne nous rend pas la Justice, tant il est éloigné de nous. C’est ainsi que nous devons aller parler au Roi, car il est jeune et ne parvient à son oreille que la voix des conseillers félons, ceux qui lui recommandent de nous accabler de taxes pour pouvoir se vautrer dans l’or et l’argent et financer leurs guerres imbéciles : car les paysans français, comme nous, souffrent de l’oppression, eux aussi doivent payer des taxes exorbitantes et donner leur vie dans des guerres qui ne les concernent guère ; ce ne sont pas eux, en vérité, nos ennemis, car nous sommes tous de braves gens. Nos ennemis, ce sont ceux qui accaparent les richesses que nous produisons, les exploiteurs, ceux qui nous dominent pour leur seul profit sans aucun droit autre que leur seule force : les seigneurs et les grands de l'Église, ceux qui nous séparent du Roi, notre seul souverain légal. Justice ! Non pas la justice des dominants, mais Justice de tous, Justice du Roi, Justice de Dieu, Justice !

– Justice, Justice, Justice ! » C'est la colline tout entière qui crie comme une vague.

« Allons, les amis, allons parler au Roi et montrons-lui la servitude dans laquelle nous sommes plongés, montrons-lui qu'une autre société est possible, celle des communs, celle de la liberté et de l'égalité ! Montrons-lui qu'autrement nous trouverons nous-mêmes une solution, car la coupe est pleine, mes amis, car nous ne pouvons plus souffrir ces injustices et ce joug infamant, car nous ne sommes les inférieurs de personne ! Et si nous y allons tous ensemble, vous tous que je vois ici, les hommes du Kent, et aussi avec nous les hommes de l'Essex, certains qui nous ont rejoints ici, les autres assemblés à Mile End, et avec tous les braves gens maintenus en servitude, ils nous suivront pour devenir libre. Et quand le Roi nous verra, nous obtiendrons Justice, en toute équité, ou par un autre moyen si nécessaire.

Tous ensemble avec le Roi et les Communes d'Angleterre ! Avec le Roi et les Communes d'Angleterre !

– Avec le Roi et les Communes d'Angleterre ! Justice ! Liberté ! »

Et alors qu'ils reprenaient tous le cri de John Ball, c'est comme si s'était levée une brise légère, la même brise qui entre dans la salle du Jeu de Paume peinte par David, une brise légère qui soulève le rideau pour laisser entrer la lumière éclatante de l'espoir des peuples ; et dans les gorges des hommes simples le cri parfois s'étranglait dans le sentiment d'une dignité retrouvée, d'une mission qui amènerait enfin la Justice dans leur réel. Cette brise, c'est le souffle de l'Esprit qui descend dans les apôtres à la Pentecôte ; car le Seigneur n'est pas dans le vent qui fracasse les montagnes, ni dans le tremblement de terre, ni dans le feu ; le Seigneur est un souffle ténu, la voix ténue en nous qui nous parle d'injustice. Et quand ce souffle ténu remplit la poitrine de milliers de personnes, il devient ouragan, une tempête capable de tout emporter. C'est ainsi qu'ils étaient prêts à rencontrer leur Roi.

Matthew : C'est la fin du Monde, l'Apocalypse, enfin ! C'est pour ça que la Faucheuse Noire nous a pris tant de monde. C'est l'Esprit qui parle en John Ball, c'est lui le meneur des Nations ! Le jour de la colère est venu ! Aux armes ! Enfin, on va en découdre ! Par tous les moyens, c'est ce qu'il a dit, on va leur montrer à tous ces seigneurs félons ! Faudrait que je me trouve un truc plus tranchant qu'un épieu, cela dit, peut-être que je peux négocier avec Johanna, qu'elle demande une arme pour moi à Jakke ?

Robert Belling : Voilà beaucoup d'agitation. Nous sommes en nombre, c'est certain, je ne dis pas, mais tout de même. Bon, tout ce qu'il dit n'est pas à jeter, après tout on m'a mis en prison juste parce que je demandais la liberté qui est garantie par la Bible, là, comme il dit, normalement ça se fait pas d'avoir des serfs ou des esclaves ; incroyable quand même, que ça ait persisté, enfin je veux dire, les seigneurs sont au fond des gens compétents dans l'ensemble, c'est pour ça qu'ils sont en poste, non ? Enfin bref, il faut ajuster des trucs, c'est sûr, mais tout ça me semble un peu extrême, un peu *too much*. Herser le champ est bien suffisant quand c'est la saison, pas de raison de sortir la charrue. Moi de toute façon, j'avais rien demandé, et là dans quoi je me retrouve ? Parce que faut pas se faire d'illusion, ça va saigner. Faut que je trouve un moyen discret de me barrer dès que possible ; ce qui est vraiment ennuyeux, c'est qu'ils me prennent pour un symbole, un type important. Je suis pas important, moi, je suis comme tout le monde, je suis un bon gars, moi ! Je respecte les gens, moi !

Johanna : Je vais te dire, moi, qui se proclamait noble, c'est Adam, oui ! Pourquoi ce serait à Ève de rester filer à la baraque ? Des maîtres, je vais vous dire de qui vous êtes tous les maîtres : des femmes ! Mais je vais fermer ma gueule, parce que malgré tout il a raison, il a RAISON ! Nous ne faisons que demander nos droits naturels, ceux que Dieu a donnés à tous. Mais ils n'ont pas vu comme moi dans les yeux de la reine : ces gens-là ont trop à perdre, et pourquoi le roi supprimerait-il le rang de gens qui sont ses parents et ses amis, et qui justifient selon lui et pour tous leur supériorité présumée ? Ils n'ont pas vu la peur, le dégoût dans les yeux de la reine. Ces gens pensent qu'ils valent mieux que nous, que notre naissance nous rend sales, bêtes et indignes, ils nous méprisent. Qu'ils aient peur, c'est déjà quelque chose : faisons-leur la peur de leur vie, au moins.

Nous allons sans doute perdre, car le roi est jeune, et à son âge on est d'autant plus persuadé de son invulnérabilité et de ses principes. Il rameutera l'armée et nous serons balayés ; notre seule chance, c'est de les prendre de vitesse et de retenir les puissants en otage. Comment ? Comment ? Une chose est sûre, je ne participerai pas aux négociations, d'une parce que je suis une femme et que personne ne m'écoutera ni même ne me laissera parler, c'est certain maintenant, de deux parce qu'ils nous maintiendront en dehors de Londres et nous devons absolument y entrer si nous voulons changer quoi que ce soit, comme nous sommes entrés à Rochester, Maidstone et Canterbury, nous devons entrer et juger les seigneurs félons. Aucun seigneur, jamais, ne lâchera ses privilèges sur la seule foi de la vérité des Évangiles, de sa propre bonté, ou même de la raison naturelle qui est en chaque homme et femme. S'ils réfléchissent, ils ne peuvent qu'être conscients que ce qu'ils font est injuste ; et pourtant, ils continuent, ils acceptent d'être représentants du Christ, évêques et même pape ! Ils prétendent servir le peuple à la tête de duchés et de comtés où ils accablent de taxes et de corvées leurs semblables sans leur laisser accéder au Bien ni à la Connaissance, en leur enfonçant la tête dans le purin. Eh bien ! Si nous perdons, nous perdrons la tête haute, nous serons montés sur la colline et nous aurons entendu le sermon de Justice et de Vérité, nous perdrons la tête dans le soleil et les nuages. Et peut-être que, si c'est maintenant que doit arriver le Dernier Jugement, peut-être que nous ramperons dans les Ténèbres pour mieux renaître comme le Christ, pour ressusciter avec lui dans un monde enfin juste, et peut-être que ce que nous allons faire fera advenir ce Jugement. Allons !

William : Je suis fatigué. Je suis fatigué et pourtant ces paroles résonnent en moi, c'est vrai. J'ai cru réparer une injustice en faisant mienne une femme, en lui donnant un statut, enfin, peut-être ai-je mal fait, peut-être notre prêtre John Ball a-t-il raison et la liberté est-elle le plus important ? Cet homme, ce doit être un prophète : depuis tant de temps que nous discutons entre nous des problèmes que nous rencontrons dans nos vies, tout à coup tout s'est mis en branle : après la Grande Peste, après la tempête de ce mois de mai, tout à coup tous convergent, nous sommes de jour en jour, d'heure en heure plus nombreux, les portes des forteresses s'ouvrent devant nous, les foules des villes nous ouvrent les bras, le ciel radieux nous précède. Si Dieu est avec nous, le Roi nous entendra. Il comprendra que nous représentons la Justice, et alors s'ouvrira une ère de paix et de prospérité. Avec l'aide du Prophète, en effet nous pouvons parler au Roi, car c'est l'Éternel qui nous envoie : il nous dira quoi faire, comme à Paul sur le chemin de Damas. Ainsi nous irons parler au Roi : *Lève-toi, entre dans la ville, et on te dira ce que tu dois faire*, car nous sommes Son instrument. J'ai confiance pour la paix. Je ne peux plus rien espérer pour moi, puisque Johanna s'éloigne plus de moi à chaque geste que je fais, et pourtant je l'aime, je lui ai donné mes biens, mais elle a été ingrate, toujours. Et pourtant, cela aussi je l'aime chez elle, cette impossibilité absolue d'acheter son amitié. Je n'aurai jamais d'enfants, je n'ai plus de femme, je n'ai rien à perdre, mais je peux encore servir la Justice ; après tout, le Christ lui-même ne nous incite-t-il pas, pour son service, à laisser derrière nous ceux de notre famille ?

Richard II Plantagenêt : L'audace de ces chiens n'a donc pas de limites. Ils doivent s'imaginer que parce que je suis jeune et que les armées de mon oncle sont loin, ils vont tout pouvoir obtenir de moi. Racailles. Tous en guenilles et menés par ce sale prêtre séditieux. Et oser se moquer de ma mère ! Quel affront ! Elle a eu peur, et pourtant c'est une solide rombière. Ils puent, m'a-t-elle dit, ils sont laids de la laideur de leur âme, et leur prêtre, John Ball, a les dents pourries. Jean Boule, tu parles d'un prophète ! Son cœur doit charger son âme soutenue par Satan. Il y a même des femmes, paraît-il, dans les rangs de ces impies. Mais la Royauté ne pliera pas devant ces vermines ! Je suis l'Oint du Seigneur, inviolable, né en un rang qui ne reconnaît aucun supérieur sauf Dieu, devant qui je rendrai compte de mes actions ; nul ne peut me dicter ma conduite, encore moins des gueux qui sentent encore l'étable et baragouinent à peine leur dialecte de sous-développés. Je suis le Roi, ils ne sont rien. Je les rejetterai dans les bas-fonds dont ils sont issus et ils seront encore contents d'avoir le droit de me lécher les bottes. Ou plutôt, même, d'avoir le droit d'avoir envie de me lécher les bottes : car jamais je ne les laisserai approcher de mes bottes avec leurs noires langues de crapauds.

Et mes conseillers qui tremblent comme du fucus gélatineux, on dirait qu'ils s'en vont fondre de peur tant que mon oncle ne sera pas là. Bande de femmelettes. À ce qu'il paraît, les rebelles ont menacé personnellement l'archevêque de Canterbury s'il ne se destituait pas de lui-même ; ce gros porc chauve ne l'a pas volé, toujours à chouiner que les caisses du royaume sont vides : en vérité, même s'il est archevêque, son âme est pleine d'argent et il veut le pouvoir, comme tous les autres. Bien contents d'avoir pu se cacher dans mes jupes, de quitter Windsor et de se réfugier ici, dans une forteresse imprenable, tous les mêmes. Je suis le Roi, en vérité, leur sort m'importe peu s'ils ne me servent pas avant toute chose.

Allons bon ! L'évêque est tout tremblant, ils l'ont renvoyé en rigolant avant leur messe (que se permettent-ils de célébrer la messe !) en lui disant qu'ils voulaient me débarrasser des conseillers félons. Ha ! il doit l'avoir pris pour lui. Hales et Sudbury ont carrément verdi. Je leur fermerai leur clapet à tous, un jour. Moi, me délivrer des conseillers félons, et puis quoi encore ? Pour qu'ils viennent occuper leur place peut-être ? Avec leur haleine fétide. Parce qu'ils croient que je suis encore un enfant, ils se permettent toutes les privautés. Insensés ! Pour qui se prennent-ils ? Je suis conseillé par qui je veux. Il est temps, maintenant, de montrer qui est le maître par la grâce et la volonté de Dieu. Je leur montrerai à tous, quant à moi, que ce n'est pas mon âge qui m'empêche d'exercer mon rang et mon autorité. Dieu et mon droit, c'est notre devise.

En attendant, nous avons étudié le problème dans tous les sens, en l'absence de l'armée il va falloir les retourner plutôt que les anéantir. Qu'à cela ne tienne, je suis leur Roi et c'est pour moi qu'ils se battent, à ce qu'ils disent. Pauvres naïfs !

’Rise like Lions after slumber
In unvanquishable number,
Shake your chains to
earth like dew
Which in sleep had
fallen on you –
Ye are many – they are few.

Percy Bysshe Shelley,
« The Mask of Anarchy », 1819

III
Victoires

Blackheath.

C'est le jour de la Fête-Dieu, c'est-à-dire la fête du saint sacrement, le jour où l'on rappelle aux hérétiques de tous poils que le Christ est réellement présent dans le vin et le pain que l'on sert à la messe. En place de processions de prêtres brandissant des ostensoirs, ce sont des hordes de paysans séditieux qui brandissent le nom de Dieu, du Roi et du Commun. Un défilé n'a pas à être l'onction de la conservation et de l'ordre établi. Cependant, sont-ils entièrement d'accord sur ce que sont ces trois choses ? se demande Johanna. Elle-même, qui a vu l'abîme terrible de sa condition de femme s'ouvrir sous ses pieds, se sent à la fois étrangement concomitante et étrangement étrangère à tout cela. Elle est persuadée que le roi va les entuber, quelque chose de la dureté qu'elle a entrevue chez la reine mère, de l'irréfragable fossé qui sépare les *rusticis* des *litterati*, des nobles, des puissants. Il est trop tard, ou trop tôt, pour construire tout simplement un pont entre le roi et les révoltés. Et les habitants de Londres, comment vont-ils réagir ? Eux aussi ont des revendications, mais ce sont les leurs propres, eux que l'air de la ville rend libres ; il y a certes aussi ici des pauvres et des dominés, mais qui les oblige à une communauté de destin ? Eux aussi méprisent les paysans, les rustauds, feront-ils une alliance ? Et combien de temps cela durera-t-il ? Combien de temps la parenthèse ? Car Johanna en est persuadée, ce ne sera qu'une parenthèse, comme quand le Christ est ressuscité puis, après quelques jours, reparti ; mais elle espère un peu que, peut-être, comme ce jour de la Pentecôte quelque mille trois cent cinquante ans auparavant, l'Esprit saint est avec eux, et que c'est le jour du Jugement qui arrive, le jour où les pauvres et les persécutés pour la Justice seront heureux, car le Royaume des Cieux est à eux. Car en vérité, comment Dieu a-t-il pu vouloir qu'ils souffrent aussi longtemps sans aucune récompense ? On attend l'arrivée du roi sur sa barque (décidément, que de symboles christiques durant cette révolte), car ce matin il vient négocier avec les insurgés ; ils sont d'ailleurs tout pleins d'espoir, ce qui fait sourire Johanna, assise sur un tonneau par les bons soins de Jakke (qui redouble d'attentions pour elle car, dit-il, « ta force me fascine – Et ta femme ? » a-t-elle répondu : tout cela va finir, elle en est convaincue, tout n'est que parenthèse, mais il est hors de question pour elle de revenir à Fobbing comme si de rien n'était, parce que même si c'est pour rien à la fin, tout a changé). Elle s'amuse de la joie et de l'émerveillement des paysans qui attendent le Roi : tout juste s'ils ne s'imaginent pas que le type va rayonner de l'intérieur ou être entouré par une auréole, comme s'il était un personnage fantastique. Et encore, elle se fait la remarque qu'ils n'avaient pas l'air si révérend devant Lady Joan : deux poids deux mesures, les femmes sont des êtres subalternes, point. Elle est quand même curieuse, ainsi elle attendra de voir à quoi ressemble cet enfant couronné, puis elle se joindra à un groupe de paysans décidés à en découdre, car il y en a.

Les paysans s'étaient unis pendant la marche sous l'influence des discours constants de John Ball, Wat Tyler, Jakke Carter, les meneurs, puis en quelques heures elle s'est entièrement diffractée, tandis que lentement les possibles conséquences pratiques du sermon faisaient leur chemin dans les têtes. Car enfin, concrètement, qu'avait voulu dire Ball ? Certes, se battre pour la liberté et l'égalité est une bonne chose ; et, cela est sûr, on a marché sur Londres armés de pied en cap : mais s'agit-il de déposer des demandes auprès du Roi, d'obtenir le départ (voire l'exécution, tant qu'on y est) des conseillers félons du Roi (et par quels moyens si le Roi refuse de les livrer), ou encore d'instaurer un rapport de force musclé afin de peser au maximum, voire de s'emparer des lieux de pouvoir afin d'exercer celui-ci en conseillant directement le Roi ? Les positions sont variables et divisent les groupes. Où sont passées les simples revendications fiscales du début ? La plupart des paysans, surtout les paysans libres, sont tout de même plutôt conservateurs. Et d'ailleurs, les a-t-on consultés, leur a-t-on demandé leur avis ? Pourquoi John Ball a-t-il décidé de prêcher de la sorte, seul dans son coin ? Certes, c'est un prêtre, il semble habité d'une mission, peut-être même est-il un prophète, mais dans le doute mieux vaudrait s'abstenir... On est à Londres ici, pas à Jéricho, pas sûr que les miracles divins marchent aussi bien ! Le consensus, qui n'a d'ailleurs jamais vraiment existé – l'illusion du consensus donc, s'effondre. Le Roi va venir, attendons-le et nous verrons bien ; certains envisagent déjà de repartir rapidement. D'autres au contraire, les plus pauvres, les zélotes de la liberté, ceux aussi qui réfléchissent depuis longtemps à l'injustice du monde dans leur for intérieur ou lors de réunions discrètes avec leurs voisins, d'autres qui ont assisté à des sermons de John Ball voyant leur nombre et leur succès, les murs de Londres à l'horizon, sont pris d'enthousiasme : tout simplement, d'ailleurs, en constatant qu'ils sont si nombreux – quelle solitude que d'enfermer en soi la révolte et l'opposition au monde dans lequel on vit ! Pour certains, c'est comme si enfin ils réalisaient qu'ils existent. Oui, vous existez, et vous n'êtes pas seuls ! Le Grand Soir est possible, peut-être, *la raison tonne en son cratère, c'est l'éruption de la faim*. Johanna en sera : cause désespérée sans doute, mais peut-on obtenir quoi que ce soit si l'on n'ose rien ?

Tour de Londres.

Sudbury et Hales ont vraiment peur pour leur tête, les couards ont argumenté toute la soirée et la matinée pour que Richard reste calfeutré dans la tour de Londres ; il n'allait pas, disent-ils, aller trouver ces *ribauds va-nu-pieds*. Mais Richard est ferme, il veut parler directement avec les rebelles même s'il est bien d'accord sur le diagnostic de fond.

Est-ce parce qu'il a bien en tête la volonté de retourner leurs plans, en les confrontant avec la personne sacrée du Roi, ou peut-être par simple curiosité de voir ces pouilleux qui défient son pouvoir et qui, quoi qu'il arrive, n'ont aucune chance autre que transitoire ? Après tout, à quatorze ans, c'est encore presque un enfant ; un sale gosse prétentieux, en tout cas, car à aucun moment il n'a douté que les rebelles ne respecteraient pas son intégrité physique ; et le pire, c'est qu'il a raison. À son âge aussi, on a tout à prouver, et de grandes attentes quant à son futur soi-même ; c'est alors, se dit Richard, c'est dans les moments de crise que l'on peut prouver sa valeur et sa vaillance, et je vais leur montrer que je suis le digne fils du Prince Noir. Les hormones mâles adolescentes, rappelons-le, ont fait moult ravages dans l'histoire humaine, et cet épisode n'échappe pas à la règle.

Les hommes, se dira Johanna souvent par la suite, sont vraiment de grands enfants que le hochet d'un sceptre effraie comme une grande ombre divine. Est-ce que vraiment ils s'imaginaient que, comme David, le roi Richard était protégé par le Seigneur et que leurs flèches se seraient brisées devant lui comme arrêtées par un bouclier invisible ? Voilà qui aurait bien fait plaisir à son oncle Jean de Gand, qui aurait ainsi pu occuper le trône sans coup férir : car le plus souvent les révoltes servent de tremplins à de plus grands tyrans.

Richard embarque donc sur la même barge que celle qu'il avait empruntée trois jours auparavant en quittant le château de Windsor pour la sécurité de la tour de Londres. Ce qu'on sait de lui, c'est qu'à l'époque il est considéré comme plutôt beau gosse, grand, avec le visage bien blanc (le bronzage, c'est pour les péquenauds) et les cheveux blonds. Sans doute une sorte de jeune Brad Pitt avec de belles fringues brodées d'or. Paradoxalement (ou pas), ça peut ramener de la minette ; de toute façon, quand t'es le King, tu chopes en masse. Est-il vierge ? Question de la plus brûlante importance à laquelle nous ne pouvons répondre que par des hypothèses. Il est Roi depuis quatre ans, exerçant *théoriquement* tous les pouvoirs, mais c'est son oncle qui en possède la réalité. Il est très sensible à l'exercice de sa souveraineté, et sait très bien que le duc de Gand est prêt à sauter dessus à la moindre faiblesse. Il a tendance à bégayer quand il est agité. Symptôme, pourrait-on penser, de mollesse. En fait, Richard est de la pire espèce des faibles : les inflexibles. Après avoir contemplé pendant des années la bassesse des hommes qui l'entourent, après qu'on a (selon lui) abusé de sa minorité, Richard est persuadé de son exceptionnalité et de sa supériorité morale, sur les paysans, sur les nobles et son oncle : il est le Roi. Il est faible cependant, car hors de l'idée de sa propre supériorité, point de salut. *Honni soit qui mal y pense*, et tous ceux qui ne pensent pas comme lui pensent mal. C'est dire s'il y a du monde à honnir. Négocier avec un psychorigide c'est un peu comme tenter de faire nager droit une méduse – or, les méduses nagent de manière extrêmement performante puisqu'elles utilisent en moyenne 48 % moins d'énergie que n'importe quel animal nageur ; en outre, les méduses (qui sont en réalité des *formes libres de cnidaires* selon l'acception scientifique fournie par une recherche

Internet aussi sommaire que décisive), il faut se rendre à l'évidence, sont tout de même des animaux particulièrement patibulaires : qui peut dire ce qui se passe dans la tête d'une méduse ? Vous pouvez donc penser au roi comme à une espèce de grosse méduse intransigeante. Que se passe-t-il dans son intériorité ? Dans son *Moi profond* ? Nul ne le sait, mais gare à ses tentacules qui traînent !

Tous les membres de la cour pensent que Richard va s'écraser devant les paysans – c'est d'ailleurs surtout ce que craignent Hales et Sudbury qui auraient bien attendu calfeutrés dans la tour de Londres le retour de Gand et des armées, plutôt que cette folie insensée de sortir rencontrer les insurgés. Ils sous-estiment le mépris profond du Roi pour ces inférieurs qui ont osé remettre en cause l'ordre des choses avec leurs ongles sales et leurs souliers puants. Au contraire, il a bien l'intention d'utiliser cet épisode pour démontrer son sang-froid et sa capacité à régner. Les illustrations des chroniques de Jean Froissart, qui célèbrent son courage et sa sagesse, le représentent ayant coiffé sa couronne et un long manteau bleu bordé d'hermine (la fourrure la plus chère qu'on pût alors trouver). En bleu ou en rouge de toute façon, les couleurs de la royauté et en particulier celle des rois de France (le bleu, le manteau de la Vierge, la couleur du ciel) ou de la couronne d'Angleterre (le rouge, l'honneur et la dignité, les armoiries des Plantagenêt), sans doute des vêtements brodés d'or. Il doit porter sur lui largement la valeur de plusieurs fermes, et bien plus même encore si, comme sur les images (mais la vie se passe-t-elle comme sur les images ?), il porte sa couronne. Sur les flancs de la barge dans laquelle il traverse la Tamise, accompagné de trois autres barges emplies de soldats, sont apposés des blasons de la maison royale : *de gueules aux trois léopards d'or* écartelé des armes du royaume de France (au cas où les Anglais gagneraient la guerre) *d'azur semé de fleurs de lys d'or*. Sur la barge ont aussi embarqué divers membres du Conseil royal : l'archevêque *Lord Chancellor* (Sudbury), déjà tout suant de peur malgré l'heure matinale, les comtes de Warwick, d'Oxford et de Salisbury, le trésorier Robert Hales. La fine fleur du royaume, comme on dit, les conseillers félons dont on réclame la tête.

Le rendez-vous est fixé au matin sur la rive de Greenwich, la rive de la Tamise sous-bassante à Blackheath ; John Ball, littéralement, va devoir descendre de son piédestal. Les paysans ont organisé un campement de fortune ; les feux fument encore de partout sur la colline, on a fait chauffer rapidement des bouillies de seigle ou d'avoine, de ce qu'on a bien voulu leur donner sur le chemin, on déjeune aussi de bouts de miches de seigle qu'on a transportées depuis le Kent, ou que les derniers arrivés ont apportées (car leur nombre grossit sans cesse, comme une rivière ininterrompue). Les discussions sont de plus en plus fébriles en attendant le Roi : à quoi ça ressemble, un Roi ? Que lui demander ? Qui va lui parler ? Comment ? Sur ce dernier point, le moins que l'on puisse dire est qu'il y a dissension, même si l'on s'accorde à dire que les « chefs » pourront sans doute mieux s'exprimer.

Comment prendre une décision quand on est un groupe ? Voilà déjà une question complexe lorsque le groupe en question est restreint, mais que faire pour mettre d'accord cinq ou dix mille personnes ? Les raccourcis de la démocratie parlementaire, avec partis, programmes et représentants élus, ont l'avantage de l'efficacité. Un programme ? Voilà qui peut tout de même sembler demander un peu beaucoup à des paysans du Kent et de l'Essex : depuis presque mille ans, on a jugé d'eux et de leurs ancêtres qu'ils ne sont bons qu'à remuer la terre. Le coteau descendant vers la Tamise est couvert de ce monde un peu désorganisé, sur lequel flottent des bannières qu'on a assemblées en hâte.

À l'approche de la barge royale et de son escorte, une grande clameur s'échappe de la multitude, braillement indistinct qui se précise aux occupants du bateau à mesure qu'ils approchent de la rive, et tout cela n'est pas bien plus clair d'ailleurs : « Saint Georges et le Roi !! Vive le Roi !! » contredits par « À mort les conseillers félons ! Salauds ! Donnez-nous la tête de Sudbury ! C'est lui ! À bas Jean de Gand ! » tandis que d'autres encore se contentent de brandir et de lever leurs armes en hurlant de tous leurs poumons – ce qui pourrait signifier, au vrai, tout et son contraire (Hales et Sudbury pâlissent néanmoins de plus en plus nettement), mais qui donne en effet un air sauvage et menaçant à cette immense foule d'hommes simples. Au fond, ils ne viennent demander qu'un peu plus de respect, peut-être même seulement dans les formes – car la forme aussi, c'est important. Mais aux yeux de ceux qui, par leur seule naissance, bénéficient de privilèges dès le berceau, c'est comme si une troupe de singes déchaînés venaient demander des chocolats chauds auxquels ils n'ont aucun droit puisque, de toute façon, ils n'en ont pas besoin (alors certes, à l'époque on ne connaissait pas le chocolat, ni le sucre d'ailleurs, et c'est bien désolant, tout le monde devrait avoir droit à son comptant de sucre et de chocolat ; disons plutôt comme si des cochons venaient demander non pas de la confiture mais des perles fines).

Toujours est-il que ces cris et mouvements désordonnés, comme si la masse des paysans était un grand vol de passereaux ou un bruissement d'herbe sous le vent, des mouvements de foule agitent dans un sens puis dans l'autre les têtes de la manifestation, ont convaincu passagers et équipages qu'un débarquement du Roi serait fortement inopportun, et qu'un bain de foule dans une pareille frénésie ne serait pas particulièrement bénéfique au parti de la Conservation. Les rameurs reçoivent ordre de déposer leurs avirons afin de maintenir l'esquif royal à quelques mètres du rivage, surtout, hors de portée d'éventuelles flèches (en réalité, ils continuent à les remuer doucement pour maintenir les barques immobiles dans le courant). Le Roi se tient debout en silence pendant quelques minutes, passant impassiblement en revue les paysans ; c'est long, quelques minutes face à une telle foule. Mais, par un effet mystérieux reconnu par tous les pédagogues, cela a comme effet de calmer le tumulte. Alors il hausse la voix : « Messieurs, que voulez-vous ? Dites-le-moi, maintenant que je suis venu parlementer avec vous ! » (on espère pour lui qu'il avait déjà mué, afin que cela donne une certaine solennité à son ton ; mais enfin, le sens est clair : il condescend).

Johanna.

Encore cette surprise qui n'en est maintenant plus vraiment une, depuis qu'elle a regardé au fond des yeux de la reine-mère : *C'est ça, un roi ?* Elle tourne la tête et regarde Matthew qui se trouve à côté d'elle (c'est désagréable parfois, il la suit partout comme un chiot, on peut trouver ça flatteur mais au bout d'un moment on a envie de lui dire d'aller se faire exploser les boutons d'acné ailleurs si on y est). Elle retrouve chez les deux adolescents la même pousse en pleine croissance, les grands bras dont ils ne savent pas trop quoi faire, et puis sur le visage une sorte d'ardeur, d'avidité pour le monde (le monde qui les entoure et qui s'agrandit, le monde qui vient), encore naïve un peu, et qui peut être à la merci du moindre ébranlement, comme lorsqu'un immense espoir rencontre un mur de merde et se trouve réduit à néant. Ici, il faut préciser cette métaphore du mur de merde, que l'on pourrait à bon droit trouver vulgaire, mais qu'évoquer d'autre quand on pense à la ferveur de l'adolescent déçu ? Le mur de merde peut imposer un arrêt brutal, lorsqu'il est constitué de briques de merde sèche qui permettent de faire un mur bien plus épais et solide, bien plus haut également ; à l'inverse, le mur peut aussi être façonné en merde coulante, ce qui a pour résultat un muret bien plus bas, mais dans les remugles duquel l'on s'enlise progressivement, sans jamais pouvoir le franchir alors qu'il semblait si bas. Ainsi, le mur de merde peut être constitué de merde de toutes sortes de consistances différentes, de la plus molle à la plus dure, suivant les situations.

Johanna compare les deux adolescents : le roi a la peau blanche, est un peu plus gras, a l'air plus sûr de lui, avec les cheveux blonds fins et bien peignés, alors que Matthew, bien que plus âgé, a l'air un peu plus perdu et surtout coiffé d'une énorme touffe de cheveux roux désordonnés. Il est clair qu'ils vont au-devant d'un gros, d'un énorme mur de merde, se dit Johanna – car même s'ils gagnent il leur reste tant à faire pour créer un monde juste. Et qu'ils gagnent, en réalité, elle n'y croit pas vraiment, et ça la poigne, ça lui saisit les entrailles jusqu'au fond du cœur de le savoir au fond d'elle, comme ça, et elle s'en sent coupable, et ça la poigne à nouveau jusqu'au fond du bide (car voyez, si on parle de merde, ce n'est pas par hasard : la nature de notre merde et de nos intestins est un indice imparable de nos émotions).

Ce petit roi qui, ça se voit bien néanmoins, croit fermement en sa supériorité, ressemble un peu à sa mère, c'est l'attitude surtout. Cette scène est étonnante, vraiment, car le roi et son conseil ont la parfaite attitude de barons et autres princes du sang, c'est-à-dire des dominants qui ont l'habitude que le monde se plie à leur volonté : ils ont l'air dégoûtés par cette foule hurlante – un peu surpris peut-être, dans le cas du roi ; tandis que pour une fois les paysans ne montrent pas le sommet de leur crâne tant ils sont courbés par la peur du chef, non, ils gueulent : en vérité, comme ils ne gueulent pas la même chose, ils gueulent d'autant plus qu'ils veulent que leur voix surmonte celle du groupe voisin, ce qui fait que même quand ils gueulent « Vive le Roi ! » ça a l'air menaçant, ce qui réjouit beaucoup Johanna. Du coup, Johanna gueule avec eux, enfin on ne lui fera pas le reproche d'avoir une voix trop aiguë, et Matthew la prend par les genoux et la soulève pour qu'elle voie mieux, alors elle hurle d'autant plus, comme si elle hurlait au vent dans les marais, au viol, au dos courbé des paysans, à la guerre, à l'injustice.

« Débarque ! Débarque ! On veut discuter de vive voix ! Mets tes couilles sur la table ! Donnez-nous Hales et Sudbury, on les a vus ! Descendez de la barque, les mecs ! Il y a trop de rois en Angleterre ! Roi, tu es venu pour nous écouter alors écoute-nous ! Stop à l'injustice ! Viens si t'es un homme ! »

Tout cela, songe Johanna, est bien gentil et bien amusant, mais il est clair comme de l'eau de roche que le roi ne va pas débarquer, il faudrait être fou ! Il serait à la merci de la foule qui en profiterait pour lyncher les membres de son conseil (pour, justement, leur arracher les membres). En outre il a l'air fort vexé de se voir parler si familièrement ; il doit penser que c'est inné de s'adresser à un Roi sur le ton qui convient. Johanna trouve sa moue méprisante ; tout, chez ce jeune homme qui n'a rien fait pour arriver à sa place, est méprisant, et pour quoi ? A-t-il une seule fois posé ses mains sur une charrue ?

Le comte de Salisbury, héros de la guerre de Cent Ans, chef de l'arrière-garde du Prince Noir à la bataille de Poitiers (le vois-tu Johanna ? Ton frère était dans l'un de ses régiments, fourmi minuscule parmi les colonnes d'hommes qui vinrent s'écraser sur les murailles), membre du Conseil du Roi, premier mari de Lady Joan (le vois-tu Johanna ? L'homme que Lady Joan a trompé, et qui a pourtant loyalement servi son dernier mari), le comte de Salisbury sent alors un noble orgueil l'envahir ; il a vu ce qu'il avait à voir et a estimé l'ordre de grandeur des troupes ennemies (beaucoup trop important) et leur état de préparation et d'équipement (heureusement rudimentaire) ; cette ridicule mascarade doit cesser. « Messieurs, crie-t-il (ce « messieurs » est un signe de mépris profond que les paysans inexpérimentés ne ressentent peut-être pas, mais Johanna a alors envie de lui cracher au visage), vous n'êtes pas assez décents ni organisés pour que le Roi vienne vous parler. »

Tiens, le gros visqueux (le chancelier Sudbury, l'informe un de ses voisins entre deux vociférations) s'empresse alors de donner un ordre aux rameurs, et de quelques coups de perche ils font virer les barges et s'en retournent à la tour de Londres. Les deux mondes peuvent se côtoyer, ils ne se mélangent jamais.

Après tant de rugissements, on pourrait craindre que la glotte des paysans soit épuisée, mais non, au mouvement de repli des embarcations, c'est une immense clameur renouvelée qui retentit : « Trahison ! TRAHISON ! TRA-HI-SON ! » – même les loyalistes sont choqués qu'on leur tourne ainsi le dos, mais ils en rejetteront vite la faute sur les enragés : l'unité d'un groupe, hélas, est fragile. Dommage que ceux qui portaient de grands arcs d'attaque, dont la portée est longue, n'aient pas tenté un jet bien placé entre les omoplates de cette bande de prétentieux. Ils ont dû avoir chaud aux fesses pendant cinq minutes : c'est une consolation. En attendant, les paysans courent au sommet de Blackheath, où est resté le gros des troupes, les prévenir de l'échec de la rencontre. « À LONDRES ! À LONDRES ! » s'écrient-ils en chœur. (Il était temps, remarquez, c'était quand même le but depuis le début !)

C'est en chœur, dans ces moments d'unité, de communion, peut-être fugaces mais pleins d'une émotion réelle, c'est là peut-être que se font les révolutions – toutes les révolutions, celles qui renversent pour toujours l'ordre politique, mais aussi les petites révolutions, celles qui se font dans nos têtes, dans nos corps et dans nos cœurs, celles qui bouleversent à jamais notre façon de voir le monde et qui, si nous n'y prêtons pas attention, peuvent nous rendre aigris au fil du temps, parce que cela nous a apporté un espoir si grand que peut-être enfin le monde allait changer, vraiment. C'est là dans ce long cri, cette communion puissante de la foule, que Johanna a décidé qu'elle ne leur en voudrait pas, aux hommes, d'être faibles et lâches et de ne pas la voir pour ce qu'elle était ; qu'elle a décidé qu'elle faisait partie d'eux ; qu'elle était, en somme, un homme, et qu'elle se débrouillerait des conséquences plus tard, plus tard, quand tout serait fini. Avez-vous entendu, déjà, une foule hurler autour de vous, à la fin du monde ? Ou bien sans doute juste à la joie de l'oubli de l'humiliation pendant ces longues minutes où toutes les tensions et les douleurs se libèrent d'un cri ?

Et c'est alors qu'ils sont entrés dans Londres. Pas tous, certainement. Les plus timorés, comme Robert Belling, qui a trouvé déjà bien effrayant de se retrouver à gueuler « Trahison ! » à la gueule du Roi, ont accompagné la foule pendant un bout de chemin, et puis ils se sont arrêtés aux faubourgs, en attendant prudemment de voir ce qui se passait. En effet, tout cela paraît bien un peu désordonné : on y va, avec la liste des seigneurs félons à qui on veut faire payer leurs mauvais conseils, dans l'idée de se faire justice, mais sans vraiment se demander comment, ni si, d'ailleurs, la formidable cité de Londres va les laisser entrer - mais, à n'en pas douter, comme à Jéricho, à Rochester, à Canterbury, les paysans sont bien sûrs que les portes de Londres vont s'ouvrir devant eux. Des portes de cette ville formidable (car, on a beau dire, la taille de Charleville-Mézières au quatorzième siècle, c'est imposant), il y en a treize, comme les treize fils de David nés à Jérusalem, ou les treize convives de la Cène, le dernier repas du Christ ; quatre portes s'ouvrent sur la Tamise, huit portes s'ouvrent au nord sur le Middlesex et l'Essex (c'est devant Aldgate que les rebelles de l'Essex, qui ont été avisés de l'attitude du roi, convergent pour entrer dans Londres), enfin la dernière porte,

Southwark Gate, donne sur la Tamise et surtout sur le dernier pont avant la mer, le London Bridge, une merveille d'architecture romane sur le fleuve. Les ponts sont rares alors, et leur traversée est pour Johanna comme la traversée à chaque fois plus sûre vers un ailleurs qu'elle ne quittera plus. Elle est avec John Ball, Wat Tyler, Jakke, avec Matthew qui la suit comme un chiot, et n'a plus vu William depuis le sermon de la veille. Est-elle impressionnée par les murs formidables entrecoupés de tours, par la vue de l'énorme et massive tour, de l'autre côté du fleuve ? Sans doute pas tant que ça : elle a regardé une reine dans les yeux, a vu la jeunesse dédaigneuse d'un roi, et puis presque tous les paysans connaissent déjà Londres, Jakke lui a déjà décrit la ville ; enfin, ils sont au centre des choses, là où leur action peut avoir des conséquences durables et réelles. La massivité de la ville sera sans doute une alliée pour eux, car depuis le début de leur marche ils ont reçu des nouvelles régulières de camarades de Londres, cousins ou frères de leur troupe, les assurant de leur soutien, celui du petit peuple de Londres, celui des apprentis, travailleurs journaliers, qui détestent les grands seigneurs, les bourgeois et les Flamands qui rendent la compétition commerciale impitoyable et font baisser les salaires. Après avoir traversé le faubourg de Southwark, ils se trouvent devant la porte qui ouvre sur le Pont, bastion sinistre et crénelé, ornementé à ses fondements de têtes de condamnés à mort enfoncées sur des piques, pour que chacun sache ce qu'il en coûte de défier la justice du Roi. Ce seront peut-être nos têtes, se dit Johanna, mais peu importe, car en attendant nous sommes gais et féroces et nous danserons sur vos ruines, en attendant il n'y a pas de lendemain.

John Ball, accompagné depuis quelques jours d'un porte-drapeau arborant une énorme bannière représentant la croix de Saint-Georges pour montrer son amour de Dieu et de l'Angleterre (il n'a pas oublié de monter une opération de com' efficace autour de son action), sort du groupe de tête des paysans, qui se protège avec des boucliers (plus ou moins de fortune), se plante devant la porte, et ordonne qu'on lui ouvre, par la grâce de Dieu, de l'Angleterre et du Roi, dont ils sont les fidèles serviteurs (un bon communiquant, on l'a dit). Tétanisés, les paysans attendent la flèche qu'un soldat fidèle ne va pas manquer de décocher, et le porte-drapeau, qui se demande ce qui lui a pris d'accepter ce rôle idiot, rentre la tête dans les épaules comme s'il était une tortue, même s'il n'a aucune idée de l'existence des tortues ; mais d'un coup, de nouveau, la porte s'ouvre ! John avait-il organisé à l'avance ce coup de maître avec ses sympathisants, les soldats ont-ils eu un mouvement spontané de solidarité envers ces gens simples comme eux qui viennent demander Justice, ou ont-ils eu peur ? Rien ne permet de se prononcer. Johanna, en suivant le flot entre les énormes vantaux, se met à rire, d'un rire franc et sauvage, qui lui attire les regards dégoûtés de certains paysans (une femme qui rit à pleine gorge, indécent !) et ceux étonnés de Jakke, elle se met à rire d'être à Londres, de voir ce filou de John Ball mener sa barque avec maestria, d'entrer dans le dernier cercle, celui où le Jugement va se déchaîner.

Ils déboulent entre les maisons étroites dans les rues sales avec la force du courant d'un torrent de montagne à la fonte des neiges, un torrent juvénile, féroce et pressé, qu'aucun barrage ne peut arrêter. Ils courent dans Bridge Street, Fenchurch, Gracechurch Street, ils débouchent sur Aldgate, Wat Tyler et vingt hommes entraînés grimpent au bastion et font ouvrir la porte aux soldats tétanisés ; alors, le torrent devient rivière, ceux de l'Essex qui gueulaient en bas du mur devant le fossé se précipitent aussi. On a un instant peur que des gens meurent dans la bousculade, car la rivière devient fleuve en crue, les camarades londoniens descendent eux aussi, tandis que la plupart des maisons se barricadent, mais le flot se déroute vers l'Est, vers les prisons et les palais, d'autres de l'Essex contournent la ville par l'extérieur des remparts au nord, pour gagner les prieurés de Smithfield et Clerkenwell. De nombreux paysans meurent de faim et demandent à grands cris « Du pain ! Du vin ! » De modestes boutiques sympathisantes restent ouvertes, ils y achètent des miches énormes qu'ils rompent sur le champ, d'autres échoppes restent fermées et silencieuses, parfois ils défoncent les volets et pillent les rayonnages. Ils mangent et boivent avec de grands rires ravis. Ils débordent des grandes rues dans les petites allées, et déambulent le long des voies qui rappellent la litanie des artisanats et des métiers, dont ils ne connaissent pas le nom. Ils se contentent de suivre les indications criées par certains : « Par ici ! À gauche ! Aux prisons ! Suivez-moi ! » Ils traversent la rue des banquiers, les Lombards, la rue de la Corderie (*Ropery*), la rue des Volaillers (*Poultry*), des Teinturiers (*Dyers*), des Mécheurs de bougie (*Candlewick*), de la Mercerie (*Mercery*), la rue du Lait, du Pain, du Bois, toutes ces professions recelant une secrète hiérarchie sociale qu'en tant que paysans ils ne connaissent guère, et les rues des Désastres (*Shambles*) et du Notre-Père pour ressortir, comme une hémorragie, à l'Est. Notre Père qui es aux Cieux, que Ton nom soit sanctifié, que Ton règne vienne, que Ta volonté soit faite sur la terre comme au ciel (et pas celle du Roi !) ; c'est justement aujourd'hui la Fête-Dieu, la fête du corps et du sang du Christ, qu'Il a donnés pour racheter les péchés de tous et non seulement de quelques privilégiés. Rentrez, bons bourgeois, tremblants, dans vos maisons, avec vos processions et vos tissus roidis d'or, c'est le vent de la Justice qui secoue vos portes !

À un moment (l'histoire ne dit pas lequel), Johanna baisse le regard vers son voile, qu'elle a donc cessé de porter depuis... depuis elle ne sait plus quand mais cela semble une éternité, depuis qu'elle a décidé unilatéralement qu'elle n'appartenait plus à son mari et que ça n'allait pas tuer les paysans de voir ses cheveux, depuis d'ailleurs également qu'on la considère comme une pute parce qu'elle couche avec un homme qu'elle a choisi, bon, c'est comme ça, faites-vous-y les gars, et elle voit là une petite tache de sang, parce que depuis quelques jours (ça la prend par périodes) elle se gratte furieusement la peau des cuticules et parfois ça n'arrête de saigner, alors elle a utilisé son voile qu'elle avait attaché à sa ceinture pour arrêter le saignement, et ça fait une tache très rouge sur le tissu écru. Elle pense au sang versé, elle pense qu'il y en a tant (et ils sont d'ailleurs sans doute de nature différente, plus ou moins noir, plus ou moins visqueux) : le sang du Christ, donné pour tous, le sang des règles, donné pour rien, le sang des porcs pendant l'abattage, donné pour la nourriture, le sang des fausses couches, donné pour la souffrance injuste des femmes qui n'accoucheront pas (ah, tout ce sang qui sort d'elle, régulièrement), le sang de ceux que les rebelles ont exécutés, pour la Justice, le sang de son frère et des soldats tombés sous les murs de Poitiers, pour le roi, et tout ce sang pour racheter qui, pour racheter quoi ? C'est comme si cette goutte de sang, qui est allée en s'élargissant car malgré la surface infime de la blessure le sang a mis très longtemps à cesser de couler, et a formé sur la toile de lin des motifs comme de grosses fleurs tamponnées, de toutes les nuances de rouge clair au rouge presque noir, c'est comme si cette goutte de sang prenait l'aspect de cette vie même. Eh bien, s'il faut que le sang coule, qu'il coule !

Tandis que les rebelles de l'Essex s'attaquent au prieuré de Saint-Jean à Clerkenwell, le siège anglais de l'ordre des Hospitaliers dont le Grand maître est le détesté John Hales, en tête de la liste mentale des princes félons tenue par les paysans, le gros de la troupe est ressorti de Londres à l'Est, après l'avoir envahie par tempête, et non sans dégarnir sans coup férir les portes stratégiques de leurs gardes pour y porter de solides garnisons de paysans bien équipés et sachant manier une hache ou l'arc long. Ne jamais refermer les portes derrière soi sans être sûr de pouvoir se retourner, s'aménager une porte de sortie, penser à l'étroitesse de la porte, toujours, la porte qui avant tout compte. Ils ont enfin franchi la porte étroite qui mène à la vie : libres, droits, justes. Et en vérité, en cet instant, elle leur semble ridiculement large, grande ouverte, comme une énorme trouée dans une forêt après le passage d'un ouragan, mais tellement prodigieuse et menaçante pour une troupe de bouseux, cette porte qui incarne le pouvoir du Roi. Aussi large que la porte qui mène à la perdition, comme le disait Jésus dans un de ses sermons ; John Ball leur a expliqué que la porte qui mène à la vie est étroite, resserré le chemin, et peu le trouvent. Seront-ils ceux-là ? Entreront-ils par la porte étroite ?

À bas la porte de Londres, à bas aussi les portes du Temple, ce complexe de bâtiments juridiques situé peu après Ludgate sur la Tamise, le long de Fleet Street, une rue qui mène jusqu'à la cathédrale Saint-Paul dont on aperçoit encore bien distinctement la porte ouverte (elle aussi) au passage par les paysans pour *laisser entrer tous les enfants du Seigneur*, visible derrière la porte de Ludgate que les révoltés maintiennent béante. Le Temple est propriété des Hospitaliers et héberge de nombreuses officines d'avocats : le droit des Seigneurs et les moines serviteurs du Trésorier, voilà une belle prise ! Les manuscrits, papiers, dossiers, fichiers, classeurs, documents, recensions, plaidoiries, notes, lois, décrets, édits, déclarations, témoignages, plaintes et amendes, s'en vont dans un grand feu de joie que l'on alimente par brassées dans Fleet Street. Le Droit ne doit pas être l'écrit permettant d'exploiter l'ignorance du peuple. Le Droit aux Communs ! Ils chantent les chants de la Saint-Jean, de la lumière :

Nous avons sur les bords de la plage
Mis des tas de bois pour faire un grand feu
Mis des tas de bois pour faire un grand feu
Et bientôt sous le rouge éclairage
Nous irons sauter les brasiers joyeux
Nous irons sauter les brasiers joyeux

Cinq cent mètres plus loin sur Fleet Street, voilà le palais extraordinaire de Jean de Gand, l'oncle félon, l'usurpateur, le palais de Savoie, une immense bâtisse en pierre fournie de fenêtres en verre, une folie, un fastueux palais des plaisirs, dont on dit qu'elle contenait « de telles quantités de vaisselle et de plats d'argent, sans compter les dorures et l'or pur, que cinq chariots suffiraient à peine pour les transporter ». Le palais de la Grande Babylone, en somme. Johanna a suivi le groupe de tête et pénètre parmi les premiers dans cet intimidant château. Les serviteurs ont fui à leur approche. Les sols sont couverts de tapis, les murs cachés derrière des tapisseries, il y a des meubles partout, et des couleurs ! Tables, chaises, coffres, lits énormes, sculptés, dorés, sertis ; on a beau l'imaginer, tout cela fait beaucoup pour un seul homme. Alors, on peut détruire : et quelle joie quand on sait que rien ne devra être rangé ! Rien pris ! Écraser des rubis ! Défoncer des orfèvreries de prix ! À la Tamise ! Aux égouts ! Brûler les coussins de soie ! Rien ne doit rester debout ! La destruction pure, la Justice pure.

Matthew pousse un cri en prenant le bras de Johanna, et lui montre un paysan qui empoche un couteau en argent. « Camarade ! hurle-t-elle. Nous ne sommes pas ici comme voleurs et pilleurs, nous sommes serviteurs de Vérité et de Justice, rien de tout cela n'est pour nous ! » Pris de terreur coupable, l'homme laisse tomber l'objet ; plusieurs s'attroupent autour de lui, menaçants. Johanna alors reprend doucement la parole : « Ne punissons pas cet homme, car nous vivons de pauvres choses, et qui ne serait ébloui à la vue de telles richesses ? Au contraire, nous devons aider cet homme à comprendre la joie de faire justice. Allons, prends ce marteau et écrase le couteau ! Puis, tu mettras toi-même le premier feu au palais. Ces richesses tentatrices doivent être détruites comme la tentation du Diable ! »

Tandis qu'il s'exécute, des murmures d'approbation circulent dans la troupe de paysans ; tous mettent à bas les tapisseries, éparpillent les papiers du duc dans toutes les pièces et démantèlent en petit bois les meubles afin de construire un brasier efficace. Il doit brûler jusqu'au bout, brûler jusqu'à l'os, brûler jusqu'au sol.

Quelqu'un, peut-être Thomas, ou John, ou Peter, a donné une hache à Johanna puisqu'elle est comme un homme maintenant, ou tout comme, un symbole : on dit « La Femme à la Hache » ; d'ailleurs, après avoir laissé William derrière elle, se sont dilués aussi Wat et Jakke, restés au Temple, et qui tentent d'organiser le saccage tout en évitant les rapines, mais aussi l'extension du feu à toute la ville – le feu au Moyen Âge est non seulement le symbole du châtiment divin, mais aussi la hantise de tout ensemble de maisons agglomérées, lesdites maisons se composant principalement de bois bien sec et prompt à flamber. Être un chef n'est pas toujours si agréable ni si facile. Johanna s'en rend compte, maintenant qu'elle est passée, au gré d'un épisode pictural : on se représente aisément une peinture de Bruegel la dépeignant, comme un détail mais en fait au centre du sens du tableau, les épaules couvertes d'un manteau bleu récupéré dans le coffre d'une résidence pillée, entourée de paysans mal rasés, aux gueules roublardes, dont l'un lui tend une hache, au milieu d'un palais gothique en ruines, tandis que tout le tableau est envahi de troupes déchaînées chassant les habitants des maisons, défonçant les portes à coups de pied, pénétrant par les fenêtres en grimpant sur des tonneaux, défonçant les volets à coups de hache, brandissant des piques, des bourgeois et bourgeoises suppliant qu'on les épargne, des femmes violées dans les coins, pour que les nobles chefs ne voient pas ces exactions, d'autres fuyant discrètement, le dos tourné, sur un cheval au galop – comme ce fut le cas de John Fordham, évêque de Durham et Gardien du Sceau privé du Roi, un de ceux de la liste des conseillers félons, qui trouva son salut dans la fuite par la porte de service tandis que les rebelles saccageaient sa résidence.

C'est au soir, alors que sa troupe de rebelles l'entoure d'un cordon protecteur, en rien véritablement

« sa » troupe, se dit-elle, mais des hommes qui ont été impressionnés par son calme et son sang-froid, des hommes qui ont besoin de suivre quelqu'un, des hommes attirés par les histoires, des hommes qui aiment les allégories, des hommes qui peut-être ont vu des sculptures ou des fresques représentant la Justice sous les traits d'une femme (en général elle porte une épée, mais la Justice des paysans, il n'est que logique qu'elle porte un de leurs outils), c'est au soir que Johanna retrouve les « autres chefs », comme disent « ses » hommes ; en vérité, entourée par cette troupe, elle est doucement poussée vers eux, John Ball, Wat Tyler, Jakke Carter, tout surpris de voir surgir cette incarnation, cheveux épars, hache sur l'épaule, cape bleu roi. William aussi est là, et Katherine qui lui tape sur l'épaule, et Thomas Baker et William Gildeborne de Fobbing, et les chefs de l'Essex Thomas Farringdon, Henry Baber, Adam Mitchell. Ils sont tous un peu crasseux de suie, une lueur de fièvre au regard. « C'était toi, la Femme à la Hache ! » murmure Jakke, peut-être un peu admiratif, peut-être un peu intimidé.

Elle est admise alors à leurs conciliabules : tout la ville est occupée, ils sont en position de force, le roi et son conseil sont encerclés dans la tour, les paysans se tiennent à peu près mais des rumeurs inquiétantes circulent sur des massacres commis par les Londoniens sur des Flamands, sans rapport avec leurs revendications, demain des négociations sont prévues à Miles End au nord-est de Londres, lieu du quartier général des rebelles de l'Essex. « Des négociations ! s'écrie Johanna. Vous avez vu comme moi les yeux du roi : ce garçon ne négociera rien, il veut nous tuer tous. » Les avis divergent (certains ont sursauté quand Johanna a désigné ainsi le Roi), la discussion est vive, mais Wat Tyler est persuadé qu'il faut tenter de discuter ; tout cela, ils le savent, va trop loin, car ils ne sont pas préparés, pas vraiment, à une révolution réelle ; il faut en sortir au plus vite car la soif de violence ne s'éteindra pas, de plus en plus d'hommes sont effrayés et parlent de rentrer chez eux. Il faut canaliser le flot, maintenir l'incendie dans la cheminée. Ils décident de se rendre à Miles End, et certains resteront pour superviser les opérations dans Londres. Johanna, évidemment, est de ceux-là, mais ils sont en minorité, car c'est après la première bataille que se décide le sort d'une guerre et là, tout de même, ils sont intimidés.

Autour de l'imposante forteresse, on voit les feux rougir le ciel clair de la nuit de juin. Épuisés, les paysans dorment quelques heures à la lueur de l'incendie. On dit que la proximité de la mort suscite le désir ; peut-être Johanna et Jakke ont-ils fait l'amour rapidement, discrètement, debout dans l'ombre d'une ruelle proche ; peut-être ont-ils seulement dormi épaule contre épaule, affalés contre une palissade. C'est leur dernière nuit ensemble.

Dans la tour, la terreur a envahi le camp des dirigeants : les grands seigneurs sont dispersés, Lancastre aux frontières de l'Écosse, le duc de Cambridge à Plymouth, déjà en mer pour se rendre au Portugal, Buckingham en train de rentrer de Bretagne, mais au demeurant grand sympathisant des thèses de Wycliffe, l'inspirateur de John Ball, et donc peu fiable. Un conseil se tient, où le Roi affirme ses positions : endormir la méfiance des rustauds en sortant avec une petite escorte, tout promettre et plus encore, ils respectent trop la parole du Roi pour la mettre en doute, susciter la débandade du plus grand nombre, gagner du temps, puis les écraser, les écraser sans pitié.

Les incendies se calment jusqu'au petit matin.

Au petit matin, ils se sont quittés. Se sont-ils dit que c'était des adieux ? Peut-être, peut-être pas, tout va si vite alors, et tout va si lentement. Un jour est une éternité, demain n'arrivera sans doute jamais, ou alors demain sera, lui aussi, éternel. La colère, enfin, qui s'exprime, les paysans un peu mal à l'aise dans la grande ville, certains de plus en plus effrayés devant les déprédations commises, d'autres ont soif de détruire, encore plus, Babylone jusqu'à la cendre, de ramener la fierté de la ville à la pauvreté ascétique du Christ. Ouvrir les prisons, faire de chaque place le lieu de la Commune, détruire l'or et les pierres précieuses, se dire clairement, sacrilège terrible, que peut-être les maîtres ne méritent pas leur place. Tous n'ont pas cette force d'âme. Alors ils se séparent, les uns partent déchirer les portes des prisons, les autres s'en vont rencontrer le Roi à Smithfield pour négocier, peut-être, un futur réaliste et radieux, d'autres encore cherchent une porte de sortie point trop infamante et justifiable à leurs yeux, ceux-là suivent les négociateurs, ils ont vu assez d'incendies.

Elle a vu un instant, dans la cohue du départ, le visage de William ; quand il l'a vue à son tour, il l'a hélée de la main, lui a crié quelque chose mais elle n'a pas entendu, il a été emporté par le courant, la bousculade s'est accentuée lorsque le roi est sorti pour gagner le lieu des pourparlers. Johanna ne veut plus voir cet adolescent dédaigneux qui a tout pouvoir sur leurs vies, alors elle repart en serrant le manche de la hache. Elle regarde les portes de la tour de Londres se refermer, et se dit que le roi n'était accompagné que d'une bien petite escorte... Il faut laisser une arrière-garde pour défendre la forteresse, que ceux qui sont à l'intérieur n'en sortent pas. Elle parle, ils exécutent, comme c'est étrange ces hommes qui obéissent. Mais Johanna ne se pose plus de question sur l'étrangeté de ces jours, car pour elle ce sont les jours de la fin du monde, ou du Jugement dernier : soit ils mourront tous, et cette terre peut bien être maudite dans son entier, soit ils sont en train de provoquer l'avènement d'un monde de Justice, le reste n'a pas d'importance (et pourtant, Dieu sait que le reste sera, dans sa longueur, la plus implacable douleur).

Ils sont peut-être encore mille, deux mille paysans accostés, accompagnés, secondés ou devancés parfois par autant de représentants du petit peuple londonien, parmi lesquels des femmes en plus grand nombre. Ils suivent encore la Tamise, comme une artère bouchée de lois injustes, de seigneurs iniques, de prisons tyranniques, comme une rivière envasée qu'il faudrait curer de ses maux. Ils traversent Londres, reviennent dans leurs pas précédents en parlant fort et en crachant par terre parfois, les volets claquent à leur approche (comme à l'approche de l'armée des morts), ils ressortent de la ville par Ludgate. Au passage, certains prennent le poste de guet pour relever ceux qui étaient restés en garnison, ils repassent devant les ruines fumantes du palais de Savoie, où des enfants jouent aux osselets avec des gouttes d'argent fondu, ils arrivent à la prison de Westminster, l'avant-poste de l'abbaye, là où sont couronnés et enterrés les rois d'Angleterre. Une prison arbitraire du bon vouloir de l'abbé, ils en ouvrent les portes, libèrent les prisonniers, mettent le feu, ressortent, repartent, retournent dans Londres par Newgate, dévastent la prison, repartent, mettent le feu à des maisons appartenant aux conseillers du roi. Comment ne se sont-ils pas fatigués, déjà, de tous ces saccages ?

Et fièvre de pillage et discipline ne font pas bon ménage, d'autant qu'aux paysans se mêle le petit peuple de Londres et que celui-là ne s'émeut guère des revendications du Commun des campagnards. Pour eux, l'injustice, c'est plutôt la concurrence déloyale des Flamands qui ont obtenu des concessions commerciales pour vendre et acheter du drap en Angleterre, brisant ainsi le monopole des guildes londoniennes. Or la concurrence, si elle est bonne pour le commerce et les affaires des plus riches, condamne à la misère les tisserands londoniens habitués à vendre à des prix assurés. Alors, tandis que les paysans cherchent à faire justice par le fer et le feu, les petits employés londoniens règlent leurs affaires commerciales en se glissant dans le maelström ambiant et en exécutant des Flamands à tire-larigot – à tel point qu'on se demanderait si la guilde des tisserands elle-même ne serait pas à la manœuvre. Toute personne faisant montre d'un accent des Flandres se fait zigouiller sur le champ : dans la paroisse de Saint-Martin-des-Vignerons, plus de quarante Flamands sont exécutés, et leurs corps empilés dans la rue.

Johanna, la femme à la hache, est informée de ces faits ; elle se dit, d'abord, qu'il est finalement ennuyeux que Wat, Jakke et les autres soient partis à Miles End, car ils savent tenir l'ordre. Mais quel ordre ? Chacun, désormais, est pris d'une frénésie meurtrière, et il sera difficile de calmer ceux qui sont restés et qui cherchent, quel qu'il soit, un ennemi à anéantir. Il faut aller, se dit-elle en repensant à toutes les murailles qui ont cédé devant eux, au cœur du pouvoir, puisque le roi est sorti, il faut aller à la tour de Londres elle-même, la déposer, montrer que le pouvoir royal n'est pas absolu, sortir les conseillers félons qui s'y terrent ; quoi qu'il arrive à Mile End, le roi ne les leur donnera pas après avoir vu la ville brûler. Et elle est bien sûre, même si c'était de loin, de n'avoir vu le roi entouré que d'une petite garde, manifestement sans la plupart de ses conseillers. La tour de Londres ! Encore une forteresse de légende, trois lignes de fortification successives, et au centre la Tour blanche, érigée par Guillaume le Conquérant en personne plus de trois cents ans plus tôt, qui abrite le logis royal.

Quand elle annonce qu'il faut aller punir les félons et prendre la tour, que les tueries erratiques n'ont pas de sens, un instant de flottement et de stupeur s'ensuit. C'est une chose que de faire d'une femme un étendard, c'est autre chose que de la suivre. Mais l'homme qu'elle a repris au palais de Savoie, John, disons, et qui la suit partout comme un converti reconnaissant, et Matthew, toujours flambant du courage de la jeunesse, la soutiennent : car punir les vrais méchants, n'est-ce pas ce qu'ils ont voulu depuis le début ? Leur combat est contre les conseillers du roi qui les accablent d'impôts, pas contre des Flamands qui ont pour seul crime leur origine. « Souvenez-vous, leur dit Johanna, comme quand nous discutions dans la forêt, quand nous disions les souffrances des guerres que nous imposent les rois pour leur bon vouloir, souvenez-vous quand nous nous organisions les veilles au cas où les bateaux ennemis débarqueraient, comme nous nous disions que les Français devaient eux aussi souffrir de ces guerres absurdes ! Ne nous trompons pas d'ennemi ! »

Alors, « À la tour ! À la tour ! » Les murailles céderont bien encore une fois comme devant Gédéon. Les Londoniens, qui ont vaguement tenté d'argumenter pour leur paroisse, se sont éparpillés dans les rues pour continuer leur œuvre anti-flamande et grappiller quelques rogatons tant qu'on y est. Une révolte sans pillage, on n'a jamais vu ça ! Quelle délicatesse d'âme, ces paysans : des pudeurs de jeune fille ! Car il est bien évidemment entendu que les pudeurs de jeune fille sont considérées comme très bien pour les jeunes filles mais pas pour les bonshommes, les vrais, comme le petit peuple de Londres.

Alors ils se divisent, le flot puissant se morcelle en ruisseaux de plus en plus petits : ceux qui croient aux négociations, ceux qui n'y croient pas, ceux qui croient aux miracles et ceux qui n'y croient pas, ceux qui croient en la violence et ceux qui n'y croient pas, ceux qui défient l'autorité et ceux qui en ont peur, ceux qui cultivent la terre et ceux qui travaillent dans des ateliers, et puis à la fin ils ne seront que des gouttes qui iront se perdre dans les galets et le flot disparaîtra, non pas tari mais souterrain, comme l'engouffrement des rivières souterraines karstiques qui parfois, grossies par les pluies, ressortent en violentes résurgences ; le flot resurgira, encore et encore, jusqu'à ce que peut-être, un jour, il s'apaise en lac ou en mer plus étale. Mais pas cette fois-ci.

Ah, ceux de Johanna, encore un ruisseau de belle taille, ils croient toujours aux miracles, mais Johanna elle-même n'y croit pas vraiment, une peur s'installe dans son estomac tandis qu'ils approchent de la tour : quelle idée d'avoir proposé cette folle tentative ! Une angoisse l'enveloppe dans les côtes, elle les serre comme un corset d'acier, l'angoisse d'avoir rêvé trop grand, l'angoisse d'avoir pris un pouvoir qu'elle ne mérite pas, l'angoisse qui ne la quittera plus, jusqu'à sa mort, de mal faire, d'avoir mal fait. C'est alors, amis lecteurs, qu'il faut évoquer ces petits détails peu ragoûtants de l'Histoire, car ici nous sommes dans un récit sérieux, un reportage de première. C'est alors donc que Johanna doit s'absenter quelques minutes dans une ruelle obscure pour soulager ses intestins et, en quelques mots comme en cent, chier un coup cette peur qui l'étreint et tord ses intestins, comme les fausses couches ont tordu aussi son ventre, notre pauvre ventre tordu et dévoyé, notre pauvre ventre esclave de nos émotions, puis ressortir dans la rue pour rejoindre les quelques hommes qui l'attendent et qui lui pardonnent bien volontiers cet égarement car, après tout, elle n'est qu'une femelle.

Et pourtant, les miracles, vraiment, existent : les rebelles sont entrés dans la tour sans coup férir. *Seigneur, j'ai crié à toi et tu m'as fait remonter de l'abîme, et tu m'as guéri !* Les portes de la tour sont restées ouvertes pour accueillir le Roi à son retour, effet de l'inconscience des gardes ou de leur confiance dans le pouvoir protecteur de la royauté, grandes ouvertes comme les jambes d'une pute avant la saillie, plaisante un des gueux à ce spectacle inespéré. Les gardes, terrifiés, n'opposent aucune résistance quand la troupe de quatre cents paysans passe le pont-levis, une porte, deux portes, trois portes, deux murailles formidables, puis s'engouffre dans la forteresse, la Tour blanche, on fouille coins et recoins, on abat tous les symboles de richesse et de royauté, étendards, blasons, tentures, et on débusque dans la chapelle, retranchés et en appelant à Dieu, l'archevêque Sudbury et son affidé Robert Hales.

Johanna, appuyée sur la hache, reste dans la cour face à cette Tour blanche où ils sont si gueux, eux, malvenus, bruyants, méprisés. Eux qui pourtant en ont appelé à Dieu et à qui Dieu a répondu – car, ici, au centre de la tour de Londres, Johanna sent une exaltation incroyable monter en elle, tandis que l'angoisse lui étreint toujours les côtes, mais cette angoisse fait déjà partie d'elle maintenant : cela ne se passerait pas ainsi si Dieu ne l'avait pas voulu ! Les voilà, blêmes de peur, suppliant qu'on les épargne, quelle déchéance, Sudbury et Hales. Avec le médecin de Jean de Gand, son fils, Henry Bolingbroke le futur Henry IV, Lady Joan et Joan Holland, la sœur du roi, ils sont traînés à la sortie de la tour, sur Tower Hill – encore une colline. Leur mort est décrétée, sauf celle des femmes, qu'on force à assister au spectacle en les moquant – puis Johanna demande le silence. Elle se souviendra après qu'on avait refusé aux femmes la mort, miséricorde relative, pensera-t-elle en attendant la sienne de longues années vides. Deux billots de fortune sont mis en place, le médecin et Hales, verts de peur, sont décapités, quelle folie, se croire intouchable quand on n'est qu'un homme. L'un des hommes faisant office de bourreau fait remarquer que ce n'est pas plus compliqué que de couper le cou à un cochon. Le sang, tout ce sang, des rivières de sang, se dit Johanna, ce n'est certainement pas pire que la période des charcutailles, mais néanmoins, ce sont des hommes ; Sudbury, le gros Sudbury, se débat et crie qu'on l'épargne car il est un homme de Dieu ; il fait un mouvement violent et se redresse au moment où la hache s'abaisse ; le coup porte sur le milieu du crâne ; il hurle en saignant comme un porc, il échappe aux hommes qui le tenaient par les bras ; la mère du roi se met à vomir, la sœur du roi tombe dans les pommes, Henry Bolingbroke est pâle comme un mort. Certains paysans rient : « Regardez comme il grouine, il a ce qu'il mérite ! – On devrait lui jeter des glands ! – Le lapider !

– Nous ne sommes pas venus pour torturer, dit Johanna, ça suffit. » Elle est prise d'un grand calme, froid et précis. Elle sent qu'il n'y aura pas de retour depuis le lieu où elle s'apprête à plonger, mais après tout, elle a déjà plongé depuis longtemps.

Alors voilà, Johanna a pris la hache. Elle va exercer elle-même, directement, la Justice, mais aussi la violence. Elle n'est plus elle-même, elle est un symbole. Est-ce que c'est si simple que cela ? Est-ce que l'on déboulonne une société millénaire avec des marches pacifiques ? Peut-être parfois, quand tous les éléments sont réunis, et puis après : on vote des lois, on signe des actes de papier qui disent que les pauvres, les serfs, les intouchables, les moches, les femmes, les vieux sont moins que rien ; et puis ensuite fermez vos gueules, travaillez dur, vous réussirez peut-être mais en attendant nous tenons toujours le pouvoir. Ah, comme ils doivent rire, les puissants de ce monde, après avoir donné un lambeau de dignité factice à ce grand nombre qui s'arrête toujours au seuil du débordement ; comme le disait Mazarin, *qu'ils chantent, pourvu qu'ils paient*. Johanna n'a pas le temps ni l'envie de chanter : d'ailleurs, on lui ferait sûrement remarquer qu'elle l'ouvre trop fort, qu'elle a une voix trop aiguë, comme d'habitude. Johanna n'a pas d'autres choix que de se comporter en homme ; et en tant qu'homme elle affirme qu'elle ne veut pas de promesses, que les puissants ont trop à perdre, qu'elle obtiendra la Justice, et que pour cela il faut se battre. Après elle le Déluge.

Qu'est-ce que cela veut dire, au fond, la violence ? Le Christ lui-même n'a-t-il pas perdu patience devant l'outrage des marchands du Temple ? Est-ce violence ou Justice que d'exécuter les plus puissants des puissants une fois pour toute ? Est-ce Justice ou violence que la mort de Charles devant les murailles de Poitiers parce qu'il était orphelin : est-il mort rapidement d'un carreau d'arbalète dans l'œil – on peut en douter – ou bien a-t-il souffert longtemps, les intestins débordant de son ventre, rampant sur ses bras car ses jambes avaient été coupées, appelant sa mère ? Est-ce Justice que les gueux doivent mourir par milliers pour les intérêts des puissants ? Est-ce Justice d'avoir tenu dans ses mains le sang qui coulait entre ses jambes après une journée de travail pour le seigneur ? Est-ce Justice d'avoir dû épouser son violeur ? Est-ce Justice de devoir payer chaque année le peu d'argent gagné à la sueur de son front au seigneur ? Est-ce Justice que les paysans meurent dix, quinze, vingt ans plus tôt que leurs seigneurs ? Est-ce Justice ou est-ce violence ? Combien de votre sang et de votre sueurs versés avant que vous ne disiez non ?

Retour à l'envoyeur.

Au soir, Johanna et ses quatre cents ont retrouvé Wat, Jakke, John et les autres ; récit a été fait : Justice a été rendue au mitan du palais du Roi. Mais le Roi avait déjà quitté le nid. Profitez, petits, c'est votre dernière victoire ! Comme si ces miracles n'étaient qu'une traîtreuse illusion du réel.

Eux, les négociateurs, voici ce qu'ils ont demandé : l'abolition du servage, la reddition des conseillers félons du roi, des manoirs de taille égale organisés par une monarchie dans chaque comté, la suppression de toutes les lois sauf celle de porter les armes et d'organiser l'ordre dans les campagnes, l'amnistie générale pour tous les rebelles. Serait-on tenté de faire une analyse de sciences politiques, on pourrait y voir certaines tendances anarchistes (avec le maintien d'un roi, tout de même).

Il n'a jamais été question, bien entendu, pour le jeune Richard, d'accéder à ces revendications qu'il trouve hautement absurdes. Dans l'immédiat, il a surtout senti sa force en traversant la foule escorté seulement de quelques hommes, alors que tant de paysans venaient lui toucher la main et lui demander justice pour leur cas particulier. Âmes faibles, décidément, se dit-il, et fatiguées déjà de ces pillages absurdes, effrayées des représailles possibles, car les dominants gagnent toujours. Le dédain de Wat Tyler, qui s'adresse à lui d'homme à homme, l'appelant même « mon frère », n'a pas arrangé les affaires des révoltés. Richard a répondu amen aux demandes les plus pressantes des insurgés, tout en pensant avec délectation au retour de bâton qui allait suivre dans les plus brefs délais : oui à l'abolition du servage, avec la signature immédiate de chartes envoyées dans tout le pays – les paysans ont beau se méfier de l'écrit, ça fait toujours son petit effet de signer des chartes –, oui à la justice pour ses conseillers félons, mais administrée par lui-même, oui mes bons amis je comprends vos souffrances, j'y compatis, maintenant rentrez chez vous, circulez y a rien à voir, si vous restez vous pouvez vous brosser pour l'amnistie, j'ai montré ma bonne volonté, maintenant montrez la vôtre, enfin bref, la berceuse des promesses d'un pouvoir bien décidé à faire la nique à ses administrés dès qu'ils auront regagné leurs insignifiants pénates. En retrouvant l'imprenable tour, Richard a toutefois appris que ses conseillers (pour lesquels il n'a pas d'amitié particulière mais qui auraient dû être protégés par son aura propre, celle du Roi) ont été décapités, leurs têtes promenés au bout de piques dans toute la ville, puis suspendues au pont de Londres (comme, soit dit en passant, on le faisait pour tout vulgaire malfaiteur, mais les conseillers du Roi, eux, volaient des millions pour l'intérêt du Roi), que sa mère et sa sœur ont été humiliées. Cette fois, sa rage n'a plus de limites. Les bouseux vont payer, et cher. Les hommes de l'Essex, dit-on, satisfaits de ses promesses, se dispersent déjà, ne laissant en ville que Tyler et ses hommes, soit moins de la moitié de l'effectif. La faiblesse de ces rebelles est leur respect pour lui. Ils seront écrasés.

Johanna reproche aux chefs d'avoir laissé partir le gros des paysans (William, lui dit Jakke, parmi eux, et Robert Belling aussi, cet ingrat qu'ils ont pourtant sorti de prison), ils lui reprochent d'avoir fait exécuter sans attendre Sudbury et Hales, mais pourquoi a-t-elle intercédé pour Henry Bolingbroke, lui demandent-ils, ce rejeton de Gand le détestable. Parce que c'est un gosse, rétorque-t-elle, comme le roi, mais le roi est Roi et c'est plus compliqué. Vous ne voulez pas qu'on bute les femmes et les gosses, non plus ? Mécontents les uns des autres, et mécontents d'eux-mêmes, ils passent une nuit agitée, passée à tenter de calmer les fureurs assassines des paysans contre tous les étrangers et hommes de loi dans Londres. Ça sent la fin. Jakke regarde Johanna différemment, comme si le fait d'avoir coupé le cou d'un homme faisait d'elle une femme *trop* forte. Il lui parle un peu timidement. Elle est irascible de fatigue nerveuse. Elle a envie de lui hurler dessus : *Enlève tes putain de gants, je ne suis pas une poupée, et accepte-moi ! Dépêche-toi, combien de temps crois-tu qu'il nous reste ?* Mais elle ne le fait pas, elle prend sa main, même s'il a l'air peu rassuré. Ce n'est que moi, dit-elle, ce n'est que moi.

Tyler, persuadé de son charisme, se fait fort de reprendre les négociations à Smithfield le lendemain ; il pense qu'il a établi un « contact positif, d'homme à homme tu vois » avec le Roi ; ce complexe de supériorité si typique, comme si avoir des burnes changeait le fait que l'un est un pouilleux de rien, l'autre un roi qui a tous les droits depuis sa naissance. Johanna se demande pourquoi tout ça, elle leur demande s'ils ne voient pas que jamais les riches et puissants ne cèderont leur place sans continuer l'épreuve de force, mais quelle épreuve de force Johanna, nous ne pouvons pas les tuer tous, si, dit-elle, tuons-les tous. Nous devrions tenir la tour, nous barricader dans Londres, et leur tenir tête jusqu'au dernier. Et pourtant elle a déjà des cauchemars éveillés, elle revoit les têtes tomber, le sang, le sang, comme si elle en était couverte. Elle revoit le crâne ouvert de Sudbury et cet imbécile de paysan qui avait cru pouvoir jouer au bourreau : précisément, tuer un homme, cela n'a rien à voir avec tuer un cochon, rien. Comme il a hurlé, ce salaud, ce froussard. N'aurait-il pas dû contempler la mort en face, et confiant, s'il avait été si sûr d'être sauvé au Jugement dernier. Et surtout, elle voit le sang sur eux tous, parce qu'ils se sont aussi tués eux-mêmes, parce qu'ils s'essoufflent, parce qu'ils se dispersent ; elle voit saigner aussi, dans ses moments de grande fatigue, à la lueur des feux rouges, le cou de Jakke, le cou de Wat, tandis qu'ils vont et viennent dans cette longue nuit de veille et d'épuisement. L'angoisse lui tord les côtes encore, elle a la nausée, elle aura la nausée toute sa vie désormais.

Au matin, Wat Tyler, John Ball et Jakke sont à la tête des négociateurs (bien sûr, se dit Johanna, Jakke est comme le chien qui suit son maître), elle est traversée par un profond sentiment de froid, le long de sa colonne vertébrale, au fond de ses intestins, quand elle voit Jakke, une bonne demi-tête au-dessous de son ami altier, s'éloigner et le sommet de son grand arc se confondre dans la foule des piques et armements hétéroclites des autres paysans.

Allons, tous, chargeons, au-devant de notre espérance et de nos défaites. Car il ne nous reste plus que la victoire ou la mort désormais.

Mon Dieu, mon Dieu, pourquoi m'as-tu abandonné·e ?

Jusqu'à quand, ô Éternel ?... J'ai crié, Et tu n'écoutes pas ! J'ai crié vers toi à la violence, Et tu ne secours pas ! Pourquoi me fais-tu voir l'iniquité, Et contemples-tu l'injustice ? Pourquoi l'oppression et la violence sont-elles devant moi ? Il y a des querelles, et la discorde s'élève. Aussi la loi n'a point de vie, la justice n'a point de force ; Car le méchant triomphe du juste, Et l'on rend des jugements iniques.

Habacuc, 1, 2-4.

Ainsi furent-ils tous détruits

Alors, ce fut comme un brouillard. Johanna n'était plus dans les rangs de ceux qui faisaient, elle errait dans Londres et croisait des troupes de paysans et d'ouvriers occupés à des destructions plus ou moins méthodiques. Des femmes violées, bien sûr. Qu'est-ce qui fait tenir une révolte ? Tiens, voilà Matthew, où était-il celui-là ? Il a l'air tout affolé, quoi ? Il était à Smithfield, il est parti avec Wat Tyler et les autres, il voulait faire l'homme.

Tout est fini Johanna, je te dis ! Ils ont tué Wat, ils se sont tous débandés, c'est fini ! Le roi, il est venu de Westminster, tout armé, avec des centaines d'hommes, où étaient-ils on ne sait pas, il a dû les rameuter, fou de rage à l'idée de ce que nous avons fait à ses conseillers, ils se sont rangés face à nous. Le Roi a appelé Wat pour qu'il s'avance (*et il a avancé tout seul ! toujours cette prétention ridicule !* pense Johanna), et lui a demandé pourquoi on n'était pas parti, Wat a dit que c'était pas suffisant ces chartes et qu'on attendait de voir sur pièce et plus de garanties, et les grands seigneurs qui l'entouraient se sont offusqués de son ton, et là Wat a dit que c'était ça ou rien, la négociation devait se faire d'égal à égal, et ils étaient tous de plus en plus menaçants, et nous on était de plus en plus énervés, alors Wat a demandé qu'ils boivent un coup pour détendre l'atmosphère (*tu parles !*), et puis là on ne sait pas trop, on ne voyait plus bien, Wat était entouré de serviteurs qui lui apportaient qui du vin, qui un verre (*manœuvre d'encerclement*), et puis Wat a fait un geste vers le roi, et alors ils lui ont sauté dessus les soldats, le Roi a ordonné qu'on l'arrête, et Wat tu le connais il a résisté (*ouais, au bon moment, le pauvre*), et Jakke s'est précipité mais trop tard, deux types ont poignardé Wat plusieurs fois (*pas de raison de se priver des bonnes choses*) et il est mort, IL EST MORT ! Alors Jakke a crié Aux armes ! On nous assassine ! Et on s'apprêtait à lâcher une volée de flèches, mais le Roi a avancé, avec son armure, sur son cheval blanc (*il aurait eu tort de se gêner*), il a parlé comme un roi, il nous a expliqué que les meneurs de la révolte nous mentaient car il est de bonne foi, la preuve il a signé ces chartes (*mon cul sur la commode*), et là Johanna, ils l'ont cru, ils l'ont suivi, mais il était tellement imposant avec tout cet or et son armure et son air sûr de lui. Et Jakke hurlait, il a rassemblé une centaine d'hommes, mais le type qui avait poignardé Wat avait rameuté des troupes, je crois que c'est le maire de Londres, il les a maintenus en respect, et Wat, ils ont coupé sa tête, et ils l'ont mise sur une pique, et ils vont arriver ici, il faut pas traîner, Johanna c'est fini !

Jakke m'a dit de te dire... qu'il continuerait, qu'il se battrait jusqu'au bout, et que tu ne l'oublies pas, et aussi qu'il avait compris. Et William est reparti avec les hommes de Fobbing, il m'a demandé de te ramener. Tu ne peux pas rester là Johanna, c'est fini.

Ah tiens, William, c'est vrai, mon époux légitime et devant Dieu, à ce qu'il paraît. Et Jakke... C'est gentil d'avoir eu ces mots, mais il me renvoie lui aussi à la maison.

Quoi ? Arrête de crier Matthew. C'est fini ? Mais non, ce ne sera jamais fini, on ne reviendra jamais de ça ! Comment tu peux être aussi... terre à terre !

Matthew n'est pas si désarçonné qu'on pourrait le penser eu égard à son jeune âge et à la situation – c'est avant tout un opportuniste, qui suit le sens du vent et son propre intérêt. Johanna est engourdie, sidérée. Si peu de temps ! Comme ils sont influençables, ces compagnons de route, comme ils se sont éparpillés comme feuilles au vent, égaillés comme moineaux. Matthew la pousse et la tire, tandis qu'elle s'engourdit de plus en plus, jusqu'à retourner à Fobbing, où tout lui paraît si fade, si petit, si vain.

La répression fut courte et violente. Les nobles, à la tête de plus de quatre mille soldats rameutés en hâte et qui auraient pu être les camarades des paysans, exécutèrent, taillèrent et exterminèrent sans pitié. Des cours de justice martiales furent tenues dans le Kent et l'Essex. Devant la résistance qui continuait, Richard se rendit lui-même dans le comté pour l'annihiler ; c'est à la délégation menée par Jakke, William et quelques autres que le Roi répondit cette célèbre phrase : « Rustres vous fûtes, et rustres vous restez. Vous resterez dans l'état de servitude, non pas comme auparavant, mais plus durement que jamais. »

Johanna avait littéralement ordonné à William de partir se battre, puisqu'il refusait alors obstinément qu'elle y aille, la faisant enfermer et surveiller par Matthew, *pour ton bien*. Pour son bien, elle n'entendit alors plus que les échos des morts qui se succédaient, du bain de sang perpétuel qui suit la témérité des faibles quand ils osent demander leur juste part.

À Billericay, le 28 juin, dans un bois dont ne subsiste plus que la mémoire, les derniers rebelles de l'Essex furent massacrés derrière leurs frêles remparts formés de charrettes, d'échelles et de débris de tonneaux. Jakke et William reposent dans une fosse commune, avec plus de cinq cents autres combattants, au cimetière de Great Burstead.

Johanna recevait les nouvelles des morts. Elle attendait qu'on vienne la chercher, appelait la mort de ses vœux, vivait sans se cacher, mais rien ne vint ou presque, juste les regards méfiants de ses voisins. Et pourtant Jean de Gand, à ce qu'on disait, mettait tout en œuvre pour retrouver les pillards du palais de Savoie (*Quels pillards ?* se demandait-elle. *On l'a foutue à bas ta baraque de prince, voilà tout. Des démolisseurs, à la rigueur*). Se rendre ? Elle n'allait tout de même pas se rendre à une justice qu'elle conchiait. Les jours passaient et rien. Elle était redevenue une femme, une quantité négligeable, un rien. Comme si tout glissait d'elle et de ses mains, ce qu'elle avait été, ce qu'elle ne serait pas. En juillet, elle se mit à perdre du sang brun, épais, puis du sang rouge vif mêlé de caillots, à bouillons. Une fausse couche, la dernière cette fois-ci, sans doute l'enfant de Jakke. C'était le jour, apprit-elle ensuite, où John Ball fut exécuté, c'est-à-dire attaché à un panneau de bois, traîné par un cheval jusqu'au lieu de son exécution à Saint-Albans, puis pendu – quasi jusqu'à étouffement complet, émasculé, éviscéré, décapité, et écartelé en quatre parties, par la suite envoyées et exposées aux quatre coins du royaume. En novembre, plus de mille personnes avaient été tuées ou exécutées. Le roi accorda alors son pardon à tous ceux qui avaient tué des rebelles, et aux rebelles eux-mêmes, sauf aux exécuteurs de ses conseillers. Mais on ne vint pas chercher Johanna.

Ce fut alors comme si rien ne s'était passé.

Johanna aurait pu se réjouir du piteux destin de Richard II, qui régna en monarque quasi absolu au grand mécontentement des nobles et de la population. Le jeune Henry de Bolingbroke, celui qu'elle avait épargné au seuil de la tour de Londres, parvint à le chasser du trône sans coup férir, et Richard mourut en prison, déshonoré, vaincu. Mais quel réconfort tirer d'avoir sauvé le roi suivant, le fils de Jean de Gand ; est-ce qu'un autre roi change quelque chose ? Après tout, ce n'est qu'un autre roi. La vengeance personnelle est bien peu de chose quand on a combattu pour modifier l'entièreté du monde, et que continue à tourner la ronde des puissants, ceux qui se reconnaissent et s'auto-congratulent tandis que le peuple reste à sa place. Que continue à tourner la ronde des soulèvements de nobles contre le roi, révoltes des Percy, de l'archevêque d'York, qu'est-ce que cela pouvait bien faire à Johanna ? Rien, rien ne change. C'est pour elle comme si un immense soleil fixe écrasait de son immobilité le temps qui s'écoule sans but.

On ne lui parle guère à Fobbing, soit qu'elle fasse peur, car après tout elle est la femme à la hache qui a exécuté l'archevêque de Canterbury, soit qu'elle soit considérée comme responsable de ce qui est arrivé à William, « un homme bon et sensé qui ne serait sans doute pas mort honteusement si *elle* ne l'y avait pas poussé », soit que les anciens rebelles, qui forment une bonne partie des hommes du village, aient honte de leurs renoncements, soit qu'ils ne veillent pas afficher leur solidarité avec une rebelle impénitente. Matthew, devenu prospère et gras, a fondé une famille également prospère et grasse ; il exploite les terres qu'elle a héritées de William et attend qu'elle meure pour en hériter à son tour. Aucune importance. Les autres n'ont plus d'importance, car ils ne veulent plus regarder leur vie en face. Au début, elle se battait, elle s'engageait dans de vives discussions où elle défendait ses points de vue et rappelait à Matthew comme il trahissait les idéaux qu'il avait suivis dans sa jeunesse. De violentes disputes, en fait ; elle se voyait reprocher son impulsivité, son manque de réalisme (attributs, on ne manquait pas de le lui signaler, typiquement féminins), l'inutilité de tels raisonnements alors qu'elle aurait mieux fait de chercher à se remarier (car un pénis, c'est bien connu, calme les ardeurs d'une femelle hystérique), de passer à autre chose. Jamais ! répondait-elle. C'est très bien, lui disait-on, d'avoir des idéaux dans sa jeunesse, mais après il faut vivre dans le monde, car c'est ce qui nous est donné. Et le monde d'après ? s'écriait-elle. Il vous rattrapera un jour ! Elle ne sait même pas si elle y croit encore. La rage, la rage brûlante, lors de ces querelles stériles, le feu dans ses joues, l'impression que si cette rage sortait d'elle elle les tuerait tous sur place, la peur et la tristesse de n'être plus que rage, de n'être plus capable d'aimer que des morts. Alors elle a laissé filer ; c'est même comme si elle n'entendait plus quand Matthew raconte ses histoires de jeunesse héroïque, comme si elle n'avait même plus été là et n'avait plus de comptes à rendre, ni à garantir l'exactitude d'aucun fait. La rage lui coûte trop, elle s'est laissée couler dans un monde d'hébétude, vide de sens et de fureur.

Le temps s'écoule avec la lenteur d'une insomnie, dans cette vie qui est la sienne et qui n'en est pas une. Se suicider ? Elle est déjà morte, et elle craint désormais la mort, quand son corps disparaîtra, car si eux, les rebelles, qui portaient en eux l'espoir de la vraie Justice, ont été défaits si facilement, n'est-ce pas que Dieu n'existe pas ? Ou qu'il est mauvais ? Alors il n'y a soit rien, soit une éternité d'inconséquence et d'injustice. Le monde n'a plus de sens.

Parfois, elle entend parler de tel prêtre itinérant qui en appelle à John Ball, qui a enduré la prison et prêche l'égalité de tous. Alors se réveille en elle la mémoire, le seul organe en elle qui reste véritablement vivant : elle sourit en rappelant à elle l'arrogance de John Ball (mais ne faut-il pas être arrogant pour penser que l'on peut infléchir la marche du monde ?), puis elle se dit que peut-être c'est signe d'espoir, que les idées du monde meilleur ne se soient pas éteintes, peut-être qu'elles continueront à ramper insidieusement, toutes petites, pendant la marche des siècles, et qu'un jour, enfin, elles finiront par gagner. Mais pas pour elle, c'est fini pour elle, elle qui souffre le double fardeau de l'idéal pour lequel elle s'est battue et d'une révolte de femme qui paraît absurde à tous ceux qui l'ont entendue. Seule, entièrement.

Quand elle retourne dans les marais, elle regarde la mer, elle pense aux Jacques qui sont morts, eux aussi, de l'autre côté de la Manche. Les opprimés partout, où qu'on regarde, ou qu'on aille. Elle regarde les mouettes et elle se souvient de leur vol autour des cadavres décapités de Hales et de Sudbury, comme elles se sont précipitées sur la viande humaine, cassant tout à coup leur vol plané dans le ciel azur pour fondre avec précision sur la chair des cadavres, tandis que leurs compagnes tournoient lentement en orbites complexes le temps qu'elles trouvent une occasion de fondre sur la nourriture offerte ; et les corbeaux noirs, le bec aussi rougi de sang, avec leurs grandes ailes qui battent lourdement quand ils reprennent leur envol ; et les cris rauques et aigus qui ponctuent ce ballet gracieux, la beauté cruelle et indifférente d'un festin inattendu, les oiseaux qui se repaîtront encore de nos charognes quand nous aurons disparu, car sans le sens de la Justice, ne sommes-nous pas tous que squelettes qui dansent mécaniquement dans le vent ?

MERCI

Merci à David Meulemans pour son accompagnement et sa bienveillance, enfin un homme qui comprend ma passion pour le féminisme, les mouvements sociaux, le Moyen-Âge et le thé solidaire.

Merci à Philippe Lefeuvre, médiéviste de choc et pourvoyeur d'excellentes bibliographies et détails historiques. Merci à Joël Chandelier, médiéviste de choc également et relecteur infaillible.

Merci Irène, Mohamed, les ami.e.s et camarades qui m'ont aidée à voir le monde « tel qu'il est ».

Merci à Jean-Luc, François et Rose pour leur accueil patient pendant la rédaction, à Laurence, Jean et Volker pour leur soutien ensoleillé.

Merci à mes parents et Ariane pour leur soutien indéfectible.

Merci à Victor pour tout le reste (et c'est énorme).

TABLE

Achevé d'imprimer en mai 2018
par Soregraph LIVRES à Monts (37)
Dépôt légal : août 2018
N° d'édition : 904
Imprimé en France